상대적이며 절대적인 고양이 백과사전

상대적이며 절대적인 고양이 백과사전
Bernard Werber

전미연 옮김

베르나르 베르베르 지음

차례

들어가며

제 이름은 피타고라스입니다. 실험용 고양이 사육장에서
태어난 샴고양이죠. 실험실 고양이들은 오직 인간의 과학
실험에 쓰이기 위해 세상에 태어납니다. 그게 우리의
운명이에요. 인간들이 눈도 못 뜨는 저를 부모와 떼놨기 때문에
엄마가 누군지 아빠가 누군지도 몰라요. 어린 새끼 때는
인간들이 저를 데려다 놓은 형광등 켜진 하얀 방 바깥에 다른
세계가 존재할 수 있다는 사실조차 몰랐습니다.
저는 좁은 케이지에 갇혀 정해진 시간에 제공되는 특수 배합
사료를 먹고 투명한 급수기에서 흘러나오는 물을 마셨어요.
인간들이나 다른 고양이들을 만난 적도, 누가 쓰다듬어 주거나
한 적도 없었죠. 감정이나 정서적 교감 같은 걸 알 리가
없었어요. 실험실 인간들에게 저는 하나의 물건에 불과해,
이름도 없이 그냥 기니피그 고양이chat cobaye 683번을
뜻하는 〈CC-683〉으로 불렸습니다. 인간들은 저를 다른
고양이들과 구별도 못 했을 거예요. 실험실에는 온통 똑같이
생긴 샴고양이들뿐이었으니까요. 저는 직접 얼굴을 보거나
만져 보지는 못 하고 멀리서 들리는 울음소리로만 다른
고양이들의 존재를 느꼈어요. 좁은 케이지에 갇혀 혼자 지내며
온종일 기다리는 게 삶의 전부였죠.
비교 대상이 없다 보니 그것도 견딜 만했습니다. 고통이라는

감정은 본래 부당한 장애물이 더 나은 삶을 가로막고 있다고
느낄 때 생기는 거죠. 그렇지 않으면 최악의 상황에도 적응하게
마련이에요. 세상이 어떻게 돌아가는지 모르니 제 삶이
부당하다고 느끼지 못했던 거죠. 모든 게 자연스럽기만 했어요.
제게 케이지 밖의 세계는 애초에 존재하지 않았으니까요.
무지하니 속은 편했죠! 실험실 안에서 저는 생쥐나 새,
도마뱀은커녕 나무 그림자 하나조차 보지 못하고 살았습니다.
그러니 바람이 불고 비가 오고 눈이 내리는 게 뭔지, 그게 어떤
느낌인지 알 길이 있었겠어요? 제가 아는 세상은 밤낮으로
갇혀 있는 하얗고 매끄럽고 미지근한 공간뿐이었어요. 자연과
완전히 차단된 실험실이 제게는 세상의 전부였습니다.
그 세계에서는 결정을 내리거나 선택할 필요가 없었어요.
당연히 실수할 위험도 없었죠. 다른 존재들이 삶의 결정을 대신
내려 주는 상황에서는 자유 의지가 필요 없어져요.
책임으로부터 자유로워지면 마음은 늘 편하죠. 타의에 의해
결정되는 삶을 살면서도 행복하다고 느낄 정도로 말이에요.
하지만 그런 삶도 오래 지속되진 않았어요…….
어느 날 전에 살던 케이지보다 두 배는 더 큰 케이지로
옮겨졌어요. 공간이 넓어진 것만으로도 기분이 무척 좋았죠. 새
케이지 한가운데에는 손잡이가 하나 있었는데, 손잡이 위에
전등이 달려 있었고 종소리가 나자 전구에 빨간 불이
들어왔어요. 소리가 나면서 불빛이 깜빡깜빡하니까 왠지
반응을 보여야 할 것 같아 조심스럽게 다가가 두 발로 손잡이를
꾹 눌러 봤어요. 그러자 사료가 한 알 떨어지는 게 아니겠어요?
처음엔 냄새만 맡고 얼른 뒤로 물러섰어요. 조금 있다가 다시

다가가 사료를 살짝 깨물어 보니까 닭 간 맛이 나는 게,
그때까지 먹던 것과는 비교도 안 되게 맛있더군요. 입맛을 쩝쩝
다시고 있는데 종소리가 울리면서 빨간 불이 다시 들어왔어요.
재빨리 손잡이를 눌렀더니 사료가 또 떨어지더라고요. 그렇게
다섯 번을 반복하고 나니 작동 원리가 아주 단순해 보였죠.
그런데 어느 순간부터 손잡이를 눌러도 사료가 나오지
않았어요. 더 빨리 눌러 보고 더 세게 눌러도 봤지만
마찬가지였어요. 도저히 이해가 안 되는 상황이었죠. 슬슬
짜증이 치밀기 시작하더군요. 잠시 후 다시 종소리가 나고 빨간
불은 들어오는데, 손잡이는 여전히 작동되지 않았어요. 화가
나서 참을 수가 없었죠. 그런데 어찌 된 영문인지…… 또다시
종소리를 듣고 달려가 손잡이를 눌렀더니 이번엔 사료가
떨어졌어요. 아, 그 순간 얼마나 안도감이 들던지. 기계가
고장이 난 줄로만 알았으니까요. 그러고 나서도 기계는 계속
작동이 됐다 안 됐다를 반복하더군요. 마치 저를 약 올리려고
작정한 듯이 말이죠.
저는 그 이유를 알아내려고 머리를 쥐어짰어요. 머릿속엔 오직
그 생각뿐이었죠. 아까 손잡이에서 멀리 떨어졌을 때 작동이
됐나? 손잡이를 세게 눌렀을 때 작동이 됐던 것 같은데? 두
발로 동시에 눌러야 하는 거 아니야? 몇 번 야옹거리고 나서
눌러야 사료가 떨어지나?
나중에 알고 보니 그건 과학 실험이었습니다. 저를 대상으로
조건화 실험을 했던 거라고 하더군요. 종소리가 울리고 불이
들어오는 순간 제가 자동으로 침을 흘리게 만들어서
〈파블로프의 반사〉 원리를 확인한 것이었답니다.

그런데, 침을 흘리나 흘리지 않나 자체는 중요한 게 아니었다고 해요. 제가 그런 이상한 상황을 어떻게 견디는지 보는 게 실험의 진짜 목적이었다는 거예요. 그때는 정말 미쳐 버리는 줄 알았어요! 어떻게 해야 매번 사료가 떨어지는지 알아내려고 기를 썼죠! 사료가 나오지 않으면 펄펄 뛰면서 소리를 지르고 울기까지 했어요. 그러면서 철책 뒤에서 관찰하는 인간들을 향해 제발 시스템을 고쳐 달라고 애원하는 몸짓을 했죠. 배가 고파서가 아니었어요. 그냥 기계가 작동하길 원했기 때문이었죠. 언제나, 예외 없이 말이에요.

이 실험이 지속되는 동안 저는 정신적 공황 상태에 빠졌습니다. 똑같은 실험을 당한 다른 고양이들은 정신 이상을 일으켰다고 나중에 전해 들었어요. 강한 정신력으로 무너지지 않고 버틴 건 저뿐이라고 하더군요. 그때부터 소피라는 이름을 가진 인간이 저만 특별히 따로 두고 주의 깊게 관찰하기 시작했어요.

소피는 이후에도 여러 번 저를 실험 대상으로 삼았습니다. 언젠가 수면에 관한 실험을 할 때는 제가 잠든 모습을 촬영하기도 했는데, 수면 상태인 제 뇌에서 어떤 일이 벌어지는지 분석하는 게 목적이었다고 들었어요.

소피는 다양한 실험을 하는 동안 제가 예민하면서도 강단 있는 실험 대상이라는 판단을 내렸다고 해요. 그래서 제게 〈제3의 눈〉을 이식하는 수술을 하기로 결정한 거예요. 제 정수리에는 연보라색 플라스틱 덮개 아래로 작은 구멍이 하나 나 있어요. 금속 테두리를 두른 이 직사각형 구멍은 〈커뮤니케이션 인터페이스〉라고 불리기도 하죠. 가느다란 전선을 통해 뇌 속 여러 곳과 연결되는 이 USB 단자에 소피는 〈디지털 개구부식

경량 인터페이스Ouverture Électronique par Interface Légère〉의 줄임말인 OEIL라는 이름을 붙였어요. OEIL는 프랑스어로 눈을 뜻해요.

소피는 이 장치를 통해 있는 그대로의 감각들을 제 머릿속에 주입하기 시작했어요. 시간이 지나자 음악과 이미지까지 넣더군요. 하지만 주입 과정에 문제가 있어 저는 참을 수 없는 편두통과 구역질에 시달려야 했어요. 그러자 다음번에는 소피가 신호를 변환시켜 입력했고, 결국에는 소리와 이미지를 결합하는 데도 성공했죠. 시간이 갈수록 정보가 매끄럽게 뇌로 흘러들어 왔어요. 일정 단계에 이르자 그녀는 인간의 언어를 이해하는 방법도 가르쳐 주기 시작했죠. 그런 지난한 과정을 거쳐 저는 드디어 인간 세계의 정보를 수신할 수 있게 됐습니다. 이 모든 것에 7년이라는 세월이 걸렸어요. 7년간의 시행착오 끝에 소피와 저는 마침내 인간의 지식을 고양이가 수신할 수 있는 정보 발신 채널을 생성하는 데 성공했습니다. 그 역사적인 순간에 저는 마치 신세계가 펼쳐지는 듯한 느낌을 받았어요. 비로소 인간들의 습성과 풍속, 그들이 이룩한 문명을 이해할 수 있게 됐으니까요. 저는 인간들 체제의 작동 원리를 이해하기 위해 필요한 기본적이고 필수적인 정보부터 수신하기 시작했습니다. 그러고 나서는 인간들이 사용하는 단어와 이미지, 개념 간에 연관을 짓는 방법을 배웠죠. 그간 느꼈던 박탈감 때문에 신이 나서 닥치는 대로 암기했어요. 그 배움의 과정이 얼마나 행복했는지 모릅니다.

저를 둘러싼 세계의 모든 것을 다 이해하고 싶은 욕심 때문에 무수한 동물의 이름과 지명, 추상적인 개념, 복잡한 어휘를

빠른 속도로 머릿속에 저장해 나갔습니다. 그런데 의미 있는 정보들끼리 서로 연결 짓는 방법을 깨우치는 건 생각만큼 쉽지 않았어요. 하지만 하나를 보고 그걸 다른 것과 연관해 생각하지 못하면 이해는 불가능해지죠. 연관 짓기야말로 이해 과정의 핵심이니까요.

언젠가 소피가 처음 했던 실험의 의도를 설명해 주었을 때, 저는 이루 말할 수 없는 충격을 받았습니다. 종소리가 울리면서 빨간 불이 깜박거릴 때 사료가 나왔다 말았다 한 게 정해진 법칙이 없었다녀요! 결국 아무리 머리를 쥐어짜 봤자 임의로 작동하는 시스템을 이해하기는 불가능했던 거예요. 그걸 몰랐으니 다른 고양이들이 다 미쳐 버렸을 수밖에요.

제3의 눈이 오류 없이 작동한다는 판단이 들자 소피는 인간들이 자식을 가르치듯 저를 〈교육〉하기 시작했습니다. 역사와 지리, 과학, 정치로 분야를 나누어서 지식을 전수해 주었죠. 어느 정도 지식을 습득하자 소피는 기계의 성능을 개선해 제가 독학할 수 있게 해주었어요. USB 단자로 직접 인터넷에 접속해 웹 서핑 하는 방법을 가르쳐 준 거죠. 이 단어가 생소하게 들릴 고양이 독자들을 위해 간단히 설명하자면, 인터넷이란 인간들이 가진 이미지와 영상, 음악을 올리는 공간을 말해요. 세상에 존재하는 인간들의 두뇌에 저장된 기억이 모두 모이는 집합소인 셈이죠. 인간들이 죽어서 사라져도 그들의 지식은 인터넷에 남아 있게 된다니 참으로 대단한 곳 아닌가요?

그때부터 저는 혼자서 제3의 눈으로 인터넷에 접속해 흥미로운 정보를 열심히 찾아다녔습니다. 더 이상 소피한테

의존할 필요가 없었죠. 손가락이 없으니 인간들처럼 자판을
두드려 글을 쓸 수는 없었지만, 화면을 시각화해서 머릿속에
띄워 놓고 커서의 화살표를 움직이는 건 가능했어요. 그렇게
머릿속에서 화면을 클릭해 텍스트를 띄우고 페이지를
넘기면서 책을 읽었어요. 음성 파일과 영상 파일을 재생해 듣고
보면서 생생한 정보를 수집할 수 있었죠.

이후 저는 지하실에 있는 컴퓨터를 통하지 않고도 항상
인터넷에 접속할 수 있게 새로운 장치를 개발해 냈어요. 소피가
미리 모바일 시스템을 개발해 놓아 가능한 일이었죠. 그 장치를
작동시키려면 다른 고양이의 도움을 받아 하네스를 몸에 걸친
다음 스마트폰을 케이스에다 꽂아야 해요. 그런 다음 케이블
한쪽 끝에 달린 조그마한 단자를 스마트폰에 나 있는 구멍에
끼우는 거예요. 케이블의 다른 쪽 끝에는 인간들이 〈USB
인터페이스〉라고 부르는 조금 더 큰 단자가 붙어 있어요.
이렇게 케이블로 스마트폰과 뇌가 연결되고 나면 스마트폰을
켤 수 있어요. 발끝으로 동그란 버튼 하나를 누른 다음, 화면에
나타나는 화살표를 왼쪽에서 오른쪽으로 밀어 움직이고 나서,
여러 가지 색깔의 정사각형들 중 하나를 눌러
〈애플리케이션〉이라는 걸 열면 돼요. 인터넷에 연결되면서
제3의 눈이 열리는 순간이죠. 처음에 인터넷에 접속했을 때
가장 먼저 눈에 들어온 건 아무 뜻도 없는 단어 하나였어요.
인간 언어로 〈구글〉이라고 발음된다는 건 알고 있었죠. 이제
커서를 움직여 웹 서핑을 하면 됩니다. 어때요? 어렵지 않죠?
그렇게 수시로 인터넷 검색을 하던 중에 우연히 에드몽
웰즈라는 이름을 가진 인간 교수가 고안한 개념 하나를

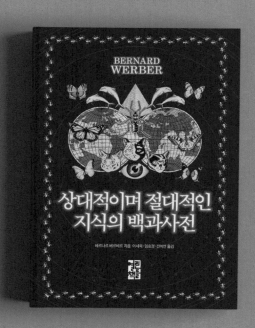

BERNARD
WERBER

상대적이며 절대적인
지식의 백과사전

베르나르 베르베르 지음·이세욱·임호경·전미연 옮김

열린책들

발견하게 됐습니다. 인간이 가진 방대한 지식을 한데 모아 저장하는 이 방법을 그는 『상대적이며 절대적인 지식의 백과사전 *Encyclopédie du Savoir Relatif et Absolu*』, 줄임말로 ESRA라고 부르더군요. 여기에 착안해 저는 ESRAC, 다시 말해 『상대적이며 절대적인 고양이 백과사전 *Encyclopédie du Savoir Relatif et Absolu des Chats*』을 만들기로 결심했죠. 이 책은 고양이라는 종이 보유한 지식을 집대성해 만든 것으로, 저는 우리 선조들의 역사부터 시작해 고양이에 대한 모든 정보를 빠짐없이 수록했습니다. 이 소중한 지식의 보고가 안전하게 보관만 된다면 우리 세대가 죽은 뒤에라도 자손들이 발견해 읽을 수 있을 테니, 우리의 기억은 불멸성을 획득하게 될 것입니다.

이 사전을 쓰기 위해 저는 오랜 시간 제3의 눈을 통해 인터넷에 접속해 정보를 수집했고 커서를 움직여 가상의 키보드 위에 글자를 찍어 나갔어요. 그렇게 한 글자 한 글자가 모여 단어가 되고, 문장이 되고, 단락이 됐습니다. 그리고 드디어 한 권의 책으로 탄생했죠.

지금 여러분이 들고 계신 책이 바로 제가 지난 몇 년을 매달려 완성한 바로 그 백과사전입니다……. 재밌고 유익한 독서가 되시길 바랍니다!

피타고라스

1

고양이와 *인간의* 공존의 역사

지구상에
나타난
최초의
고양이

프리드리히 롤, 「유럽 쥐라기 풍경 속 동물종들」, 지질학과 고생물학 다색 석판화, 고틸프 하인리히 폰 슈베르트의 『박물학 편람』(1813~1823)에 수록

지구는 지금으로부터 약 45억 년 전에 태어났다. 처음에는 온통 물밖에 없었다. 하지만 그 물에서 모든 것이 비롯됐다. 해초 같은 생명체가 태어나 물고기로 변했는데, 그중 한 마리가 어느 날 뭍으로 올라왔다. 이 최초의 물고기가 살아남아 번식에 성공했다. 물고기의 후손들은 나중에 도마뱀이 됐고, 이 도마뱀은 갈수록 몸집이 거대해져 훗날 〈공룡〉이라는 이름으로 불렸다.

개중에는 몸집이 어마어마하고 무척 사나운 공룡들도 있었는데, 이빨과 발톱이 크고 무시무시하게 생겨 다른 동물들을 모두 벌벌 떨게 했다. 시간이 갈수록 공룡들은 지능이 높아지고 사회적인 동물로 변했다.

어느 날 하늘에서 난데없이 바윗덩어리가 날아와 대기와 기온에 급격한 변화를 일으키는 바람에 공룡들은 모두 죽고 작은 도마뱀들과 포유류만 살아남았다.

포유류란 몸속에 더운 피가 흐르고 털이 나 있으며 젖이 달린 최초의 동물을 말한다. 가령 우리 고양이들도 거기에 속한다. 그렇게 지금으로부터 약 7백만 년 전에 인간과 고양이의 첫 조상이 출현했다. 그리고 약 3백만 년 전부터 인간의 조상은 작은 인간과 큰 인간으로 분화되기 시작한다. 고양이 조상도 마찬가지다.

일명 검치호, 홍적세까지
존재했던 동물
F. 존, 「마카이로두스
네오가이우스」, 1910, 다색
석판화, 라이하르트 코코아
컴퍼니의 〈선사 시대 동물들〉
시리즈(독일 함부르크에서
출간된 빌헬름
뵐셰의 『선사 시대의 동물들』에
먼저 수록됐던 작품)

22

포효하는 사자(사자의
〈조상들〉 중 하나인 왼쪽
페이지 그림 속 검치호와
상당히 유사함을 알 수 있다.)

큰 고양이들을 인간은 사자라는 이름으로 불렀다. 사자는 지금도 여전히 존재하긴 하지만 예전만큼 숫자가 많지는 않다. 작은 고양이들은 몸집이 사자의 10분의 1에 불과했지만 지능은 더 높았다. 작은 인간들과 작은 고양이들은 지금으로부터 1만 년 전, 그러니까 인간이 농업을 발견할 때까지 나란히 진화를 계속했다. 농업은 식물을 길러 수확하는 일을 말한다. 인간들이 곡식을 저장하기 시작하자 쥐가 들끓었고, 당연히 고양이가 필요해졌다. 고양이가 있어야 식량을 안전하게 보관할 수 있다는 걸 깨달은 인간들은 고양이를 대접해 주었다. 이렇듯 인간은 필요에 의해 고양이와 좋은 관계를 유지했고, 고양이는 인간이 잘살 수 있게 도와주었다.

도움을 받은 인간들은 고양이를 재워 주고 먹여 주면서 같이 살았다. 그런 흔적은 키프로스섬에서 발굴된 7천5백 년 전 무덤에 남아 있다. 인간과 고양이의 유골이 나란히 누워 있는 상태로 발견된 것이다. 인간들한테는 죽은 시신을 다른 동물이나 동족 인간이 먹지 못하게 땅에 묻는 풍습이 있는데, 고양이가 인간의 무덤에서 발견됐다는 것은 그만큼 우리를 귀하게 여겼다는 증거다.

25

고트프리트 민트(1768~1814),
「쥐를 잡아먹는 고양이를
그린 풍경」, 종이에 담채

B.C. 7500~B.C. 7000년
사이에 조성됐으리라 추정되는
키프로스섬의 한 무덤에서
나란히 누운 모습으로
발견된 인간(왼쪽)과
고양이(오른쪽)의 유골

프랑스 아스니에르쉬르센에
위치한 동물 공동묘지의 고양이
무덤들

신으로
대접받던
시절

고대 이집트의 도예 공방에서
여성 조각가들이 우상인 이집트
신들의 형상을 조각하는 모습
에드윈 롱, 「신들과 그들을
창조하는 여성들」, 1878, 타운리
홀 아트 갤러리 앤드 뮤지엄,
영국 번리

이집트는 아주 먼 곳에 위치한, 땅의 대부분이 사막으로 덮인 더운 나라다. 예수 그리스도(이 사람의 탄생을 시간의 기준으로 삼을 만큼 중요한 인물로, 지금으로부터 약 2천 년 전에 태어났다)가 태어나기 약 2천5백 년 전(지금으로부터 약 4천5백 년 전을 말한다)에 이집트 문명은 사자 머리가 달린 세크메트라는 여신을 숭배하는 종교를 만들었다. 그런데 암사자들이 그들을 키우던 사제를 자꾸…… 잡아먹었다. 사제가 너무 많이 죽자 이집트인들은 세크메트의 동생 격인 여신을 만들었다. 그들은 머리가 고양이처럼 생긴 이 여신에게 바스테트라는 이름을 붙였다.

이집트인들은 여러모로 고양이가 사자보다 매력적인 동물이라고 생각했다. 일단 덩치가 작아 먹이는 게 수월했고, 순해서 만지고 쓰다듬기도 쉬웠다. 쥐를 잡아 주니 곡식을 안전하게 저장하는 데도 큰 도움이 됐다. 게다가 고양이는 전갈이나 뱀, 큰 독거미 같은 동물로부터 집을 지켜 주기까지 했다.

그때는 인간들이 고양이를 〈미우〉라고 불렀다. 흥미로운 사실은 여러 나라에서 고양이 울음소리와 비슷하게 들리는 단어로 우리를 지칭했다는 점이다.

바스테트는 미의 여신이자 다산의 상징이었다. 이집트의

부바스티스라는 도시에는 붉은 화강암으로 지은 바스테트의
신전이 있었는데, 당시 이곳에는 수백 마리의 고양이가
있었다고 전해진다. 1년에 한 번 신전에서 대규모 축제가 열릴
때마다 바스테트 여신을 찬양하고 그녀에게 봉헌하기 위해
수만 명의 사람들이 몰려들었다. 인간들은 뾰족한 귀와 긴
꼬리를 만들어 달고 고양이처럼 변장을
하고는 바스테트 여신의 이름을 부르면서
춤을 추고 노래를 불렀다. 그들은 먹고
마시면서 환희에 젖어 고양이
머리가 달린 여신을 숭앙했다.
바스테트는 아이들의 병을 고쳐
주고 사자(死者)들의 혼이 길을 찾게
도와주기도 했다. 이집트 여성들은 이
고양이 여신을 숭배한 나머지 외모를
고양이처럼 가꾸고 싶어 했다. 고양이
수염을 흉내 내 뺨에 칼자국을 내기도 하고,
고양이의 미모와 지능을 갖고 싶은 욕심에
팔을 절개해 피부를 벌리고 그 속에 고양이
피를 떨어뜨리기도 했다. 이집트인들은 우리
고양이의 조상들을 목걸이와 귀걸이 같은
패물로 자신들과 똑같이
치장해 주었다.

고양이 여신 바스테트의
금동 조각상
이집트 박물관, 이탈리아
토리노

32

심지어는 죽은 고양이의 장례까지 치러 주고 애도의 표시로 눈썹을 깎기도 했으며, 죽은 고양이의 몸에 붕대를 감은 다음 머리에 고양이 가면을 씌워 미라로 만들기까지 했다고 전해진다.

이렇듯 고양이는 신성한 존재로 취급받았다. 고양이를 괴롭힌 인간은 채찍질로 엄히 벌했고 고양이를 죽이면 목을 베서 사형했다. 이 이집트라는 나라는 지금도 여전히 존재하지만 이런 가치를 신봉하던 이집트 문명은 전쟁으로 사라지고 없다. 예수 그리스도가 태어나기 525년 전, 페르시아의 왕 캄비세스 2세가 이집트를 공격해 대도시인 펠루시움을 포위했다. 하지만 이집트인의 저항이 거세 함락이 쉽지 않았다. 캄비세스 2세는 이집트인이 고양이를 숭배한다는 사실을 알고 병사들에게 살아 있는 고양이를 방패 앞에 매달고 싸우라는 명령을 내렸다. 그러자 이집트인은 신성한 동물이 다칠까 봐 차마 활시위를 당기지 못했다. 결국 그들은 적과 싸워 보지도 못하고 항복해 버렸다. 캄비세스 2세는 스스로 파라오라고 칭한 뒤 이집트의 파라오를 처형하고 사제와 귀족을 모조리 잡아 죽였다. 그는 바스테트 여신을 위해 지어진 부바스티스 신전을 비롯해 모든 신전을 파괴하고 신전에 있던 고양이들을 페르시아 신들에게 제물로 바쳤다. 이로써 이집트에 존재했던 고양이와 바스테트 여신 숭배는 막을 내리게 됐다.

우리의 운명이 이렇게 인간에 의해 좌지우지되는 데는 여러 가지 이유가 있다. 첫째, 인간은 고양이보다 덩치가 크다. 둘째, 인간에게는 마주 보는 엄지가 달린 손이 있어 정교하고 기능이

고양이 머리가 달린 여신
바스테트, 환희와 음악과
모성을 관장한다.
벽화, 이집트 룩소르,
왕가의 계곡 유적지

34

구리로 만든 고양이 두상(頭像)
이집트 말기 왕조(B.C. 6세기)

35

뛰어난 물건을 만들 수 있다. 셋째,
평균 15년을 사는 고양이와 달리 인간의 수명은 80년에
이른다. 그 긴 시간 동안 고양이보다 훨씬 많은 경험을 할 수
있는 것이다. 마지막으로 평균 열두 시간을 자는 우리에 비해
인간은 잠이 적어, 평균 여덟 시간밖에 자지 않는다. 고양이가
평생의 절반을 꿈꾸면서 보내는 반면 인간은 꿈꾸는 시간이
평생의 3분의 1밖에 되지 않는다는 뜻이기도 하다…….
하지만 고양이가 인간보다 잘하는 것도 적지 않다. 고양이는
인간보다 나무를 잘 타고 달리기도 잘한다. 인간은 척추가
뻣뻣한데 고양이는 아주 유연하고, 꼬리가 있어 균형도 잘
잡는다. 고양이들은 어둠 속에서도 잘 볼 수 있고 수염으로
파동도 잡을 수 있다. 게다가 인간이 내지 못하는 갸르릉
소리를 낼 수 있다! 이러한 수많은 강점에도 불구하고
우리한테는 결정적으로 손이 없다. 인간들에게 〈노동〉을
가능하게 하는 그 손 말이다…….

고양이 미라
이집트 말기 왕조(B.C.
664~B.C. 332), 루브르
박물관, 프랑스 파리

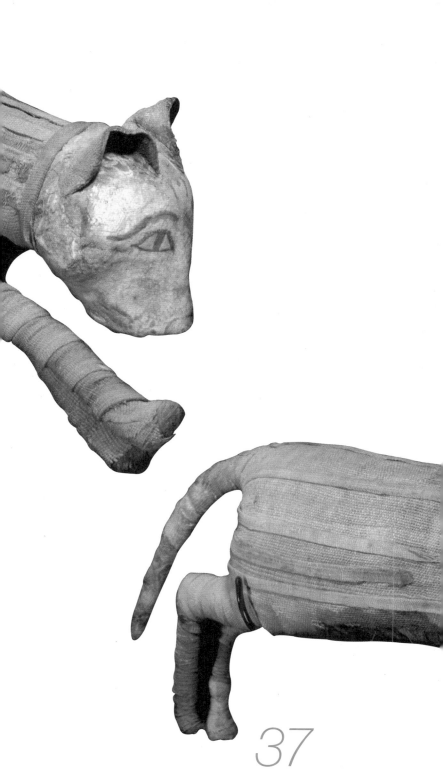

37

이집트 고양이 미라
콩플뤼앙스 박물관,
프랑스 리옹

38

고양이 미라
이집트 말기 왕조(B.C.
664~B.C. 332), 루브르
박물관, 프랑스 파리

B.C. 525년, 이집트를
공격해 펠루시움을 포위한
페르시아의 왕 캄비세스 2세는
이집트인들이 고양이를
숭배한다는 사실을 알고
병사들에게 고양이를 방패에
매달라는 명령을 내렸다.
이 작자 미상의 19세기 작품
속에서 우리 고양이들은 심지어
탄환으로 사용되기까지 한다!

41

고양이가
전 세계로
퍼져
나가다

존 프레더릭 루이스
(1804~1876),
「한 카이로 글방의 풍경」
종이에 수채, 개인 소장품

이집트인들이 이룩한 찬란한 문명은 결국 고양이들을 죽인 악독한 캄비세스 2세가 일으킨 전쟁으로 잿더미가 되었다. 당시 이집트에 노예로 잡혀 있다 풀려난 히브리인들은 북동쪽으로 가서 유대 땅에 새롭게 정착했다. 그들은 도시를 세우고 항구를 열어 교역을 시작했다. 교역이란 가장 오래된 노동의 한 형태로, 한 곳에서 생산한 곡식과 물품을 다른 곳에서 생산한 물건과 교환하는 것을 말한다. 지금으로부터 3천 년 전, 다윗왕과 솔로몬왕 치하에서 히브리인들은 많은 상선을 건조해 바다에 띄웠는데, 배에 곡식을 실어 놓으면 쥐가 다 갉아 먹었다. 그러자 왕들은 출항하는 배에 무조건 고양이를 태우라는 명령을 내렸다.

이때부터 고양이 선조들은 먼 곳으로 여행을 하기 시작했다. 처음에는 지중해 연안을 항해하다가 나중에는 육지로 올라가서 낙타들과 함께 카라반의 일원이 되었다. 그들은 함께 이동하면서 설치류로부터 인간의 식량을 지켜 주었다. 상인들은 항구에 정박하면 배에서 태어난 새끼 고양이를 풀어 주거나 현지인에게 팔고 떠났다. 고양이를 생전 처음 본 사람들은 무척이나 좋아했다.

고양이가 점차 세계로 퍼져 나가면서 인간들은 반려동물로 고양이를 선호하는 쪽과 개를 선호하는 쪽으로 나뉘게 된다.

보통 고양이는 지능 때문에, 개는 힘 때문에 사람들이
좋아한다. 고양이와 개는 무척 다른 동물이다. 고양이는 자유를
즐기는 반면 개는 복종을 좋아한다. 고양이가 밤을 좋아하고
개는 낮을 좋아하는 것도 큰 차이점이다. 아주 먼 옛날에도
벌써 개를 좋아하는 인간들이 자신이 키우는 개를 시켜
고양이를 사냥하게 하는 일이 빈번히 일어났다고 한다.
심지어는 고양이 몰이를 해서 마을 고양이를 모조리 잡아
죽이기도 했다.

보통 개는 수영을 할 수 있고 고양이는 하지 못한다고 알려져
있는데, 그것은 아마도 두 종의 피부와 털이 다르기 때문일
것이다. 상선에 탄 고양이들은 수영을 할 줄 몰랐다. 고양이를
배에 태운 인간들은 그 점을 잘 알고, 우리 조상들이 어떻게든
배가 침몰하지 않게 해주리라 믿었던 것 같다. 항해하는
인간들을 도와 수많은 문제를 예측하고 함께 해결하면서
고양이 선조들은 지능이 점점 높아졌다. 그들은 태풍이
다가오는 것도 직감으로 알 수 있었다.

유대 땅에서 전 세계로 퍼져 나간 고양이는 1020년 인도 땅에
최초로 발을 디뎠다고 당시 문헌에 나와 있다. 동쪽에 있는 이
인도라는 땅에 도착해 상인들은 배에 태우고 온 고양이를
향신료와 교환했다고 전해진다. 고양이의 존재를 처음 접한
인도인들은 금방 우리 선조들에게 매료됐다. 그들은 인간의
몸에 고양이 머리가 달린 여신을 다시 숭배하기 시작했다.
사티라는 이름으로 불린 그녀도 다산의 상징이었다.
인도인들은 사티 조각상의 속을 텅 비게 파서 눈이 있는 자리에
등잔불을 넣었다. 눈을 환히 빛나게 만들어 쥐와 악귀를

쫓으려는 의도였다. 인도인들은 자신에게 요가(우리가
기지개를 켜는 모습을 본떠 만든 체조)와 명상(우리가 깊은
낮잠을 자는 걸 흉내 낸 것)을 가르쳐 준 게 고양이라고 믿고
있다.

고양이 조상들은 기원전 1000년에 처음으로 중국 땅을 밟았다.
중국은 인도보다도 동쪽에 있고 땅도 훨씬 넓은 나라다. 중국에
간 상인들은 고양이를 중국인들에게 주고 대신 고운 비단과
향신료, 기름, 술, 차를 받았다. 당시 중국 주나라에서는
고양이가 평화와 안녕의 상징이자 행운의 부적이었다. 주나라
사람들 역시 고양이를 경배하기 위해 여인의 몸에 고양이
머리가 달린 이수라는 여신을 만들었다.

고양이 선조들은 동쪽으로만 퍼져 나간 게 아니라 북쪽으로도
세를 확장했다. 기원전 900년에는 덴마크에 당도했다고
전해진다. 이 결과 덴마크 땅에 프레이야라는 다산의 여신을
숭배하는 전통이 생겨났다. 신성한 고양이 두 마리가
프레이야가 타고 다니던 전차를 끌었는데, 한 마리는 〈사랑〉을,
다른 한 마리는 〈자애로움〉을 뜻하는 이름으로 불렸다고 한다.
한때 이집트 땅에만 존재했던 고양이들은 세계를 여행하는
인간들을 이용해 점점 더 넓은 땅으로 영향력을 확대해 나갔다.

이 헤엄치는 고양이의 모습에서
보듯 물을 좋아하는 고양이가
전혀 없는 건 아니다.

48

이집트 멤피스 인근의 사막을
지나는 대상(隊商)의 모습,
1922

고양이와
인간,
그
애증의
관계

로마 제국은 강력한 함대를 이용해
세계 정복에 나섰다. 물론 로마의
해군력은 이 그림 속 악티움 해전처럼
로마군 내에서 벌어지는 권력 투쟁에
동원되기도 했다.
로렌조 카스트로, 1672, 국립 해양
박물관, 영국 그리니치

상인에 이어 군인도 고양이 조상을 세계 곳곳에 퍼뜨렸다.
기원전 330년, 그리스 군대는 거대한 이집트 왕국과 조그만
유대 왕국을 침략해 곡식과 재산, 새끼를 낳을 수 있는 인간
암컷과 이집트인이 키우던 고양이를 빼앗았다.

정복자였던 그리스인들은 당시 사냥을 하고 전쟁터에 데리고
나가기 위해 이미 개를 사육하고 있었다. 그들은 집에
흰족제비와 흰담비를 풀어놓아 설치류로부터 곳간을 지키고
뱀이나 전갈의 침입을 막고 있었다. 그런데 족제비와 담비는
사나워서 길들이기 어렵고 몸에서 아주 고약한 냄새가 난다는
단점이 있었다.

그러다 보니 이집트 침공 이후 그리스인들이 고양이를 기르기
시작한 것은 당연한 일인지도 모른다. 그리스인들은 암컷을
유혹할 때 달콤한 과자나 꽃 대신 고양이를 선물로 주기
시작했다. 그리스의 유명 시인인 아리스토파네스에 따르면
당시 그리스 수도 아테네에 고양이를 거래하는 시장이 있었고,
가격도 아주 비쌌다고 한다.

이집트인들의 바스테트 여신 숭배에 영향을 받아 그리스 여신
아르테미스는〈고양이 여신〉으로 거듭나게 된다. 결국
그리스인들도 우리 고양이들이 숭배할 만한 대상임을 깨달은
것이다.

개와 고양이의 싸움
B.C. 510년경, 저부조 작품,
디필론의 케라메이코스
공동묘지, 그리스 아테네

54

소아시아의 고대 그리스 도시
에페수스의 폐허에서 카메라에
잡힌 고양이

시간이 흘러 그리스인은 로마인(서쪽에 살던 이들 역시 정복욕에 불타는 민족이었다)의 침공을 받게 된다. 로마인은 그리스의 문화와 기술, 신은 물론…… 고양이까지 받아들였다. 그리스의 아르테미스 여신은 다시 로마의 디아나 여신이 된다. 디아나 여신 역시 고양이 여신이었다. 로마인들 사이에도 암컷을 유혹할 때 고양이를 선물하는 풍습이 생겼다고 한다. 이때부터 고양이는 로마인의 가정에서 살게 된다. 개는 밖에서 잠을 잤지만 우리 고양이 선조는 불 옆에서 따뜻하게 잠을 잤다. 조상들의 월등한 번식력 때문에 우리의 숫자는 급속히 늘어났다. 처음에는 부자만 키우던 고양이를 곧 로마인 누구나 한 마리씩 가질 수 있게 된다.

심지어 로마 군단의 병사들은 전장에 나갈 때 키우던 고양이를 데려갔다. 임시 야영지에서 생활하는 군인들한테 고양이가 큰 위안이 됐기 때문이다. 일부 로마 군단에서는 고양이 머리를 문장(紋章)으로 채택하기까지 했다고 전해진다. 하지만 당시 갈리아라 불렸던 지금의 프랑스로 군대를 이끌고 온 로마 사령관은 고양이를 극도로 싫어했다. 율리우스 카이사르라는 이 장군은 소위 〈고양이 공포증〉을 앓아 고양이를 보기만 해도 패닉에 빠져 발작을 일으켰다.

어쨌든 로마 제국이 세력을 확장하면서 고양이들 또한 유럽 전역으로 퍼져 나가게 됐다. 유대 상인들은 항구 도시와 연안 지역까지 가는 데 그쳤지만 로마 군인들은 산을 넘고 계곡과 강을 건너고 거대한 평원을 지나 내륙 깊숙이까지 정복했던 것이다. 그때까지만 해도 고양이가 뭔지도 모르던 내륙 오지의 주민들은 그렇게 난생처음 고양이를 접하게 된다. 고양이는

그리스의 아르테미스 여신은
로마로 건너가 역시 고양이
여신인 디아나가 된다.
앙투안 그로 남작, 「목욕 중인
디아나」, 1791, 캔버스에
유채, 미술과 고고학 박물관,
프랑스 브장송

57

로마인에 의해 그들의 세련된 문명을 상징하는 동물로 소개됐다. 고양이가 유럽 전역으로 퍼져 나가자 곳곳에서 고양이 숭배 문화가 생겨나기 시작했다. 하지만 고양이 여신은 지역에 따라 서로 다른 이름으로 불렸고, 갈리아 지방만 해도 켈트족과 서고트족, 아르베르니족이 저마다 독특한 고양이 숭배 전통을 가졌다.

기원후 313년, 로마 제국은 인간의 얼굴을 한 유일신을 섬기는 기독교로 개종했다. 새 황제로 등극한 테오도시우스 1세는 391년에 고양이 숭배를 공식적으로 금지하고 고양이 선조들을 사악한 동물로 규정하기에 이르렀다. 야행성에다 왕성하게 교미하는 고양이를 타락과 주술의 상징으로 여겼기 때문이다. 결국에는 고양이를 소유하는 것조차 금지됐다. 이렇게 되자 인간들이 아무 이유 없이 고양이를 죽여도 처벌을 받지 않게 됐다. 고양이를 해로운 동물로 인식한 로마 시민들에게 고양이를 바퀴벌레나 쥐, 뱀처럼 잡아 죽이는 일은 일상의 의무가 되기까지 했다. 하지만 수확한 곡식을 지키기 위해 고양이가 필요했던 농민들은 달랐다. 유대 상인들 역시 고양이를 여전히 배에 태우거나 카라반에 싣고 세계 곳곳을 누볐다. 고양이 선조들은 불교 승려들을 통해 기원후 950년에 한국(중국보다 동쪽에 있는 나라)에, 1000년에 일본(한국보다 조금 동쪽에 있는 섬나라)에 도착했다.

당시 일본의 왕이던 이치조는 열세 살 생일에 고려 왕실에서 새끼 고양이를 선물로 받았다. 이로써 우리 선조들은 새로운 땅을 개척하게 된 셈이다. 이치조의 고양이 사랑이 어찌나 각별했던지 왕궁 사람들이 다 왕처럼 고양이를 한 마리씩 키우고 싶어 했다. 특히 부유한 여성들 사이에 고양이가 유행하기 시작했다. 고양이 수요가 갈수록 늘어나자 왕은 모든 사람이 가질 수 있게 공식적으로 고양이를 번식시키는 체계를 갖추라고 지시했다.

이즈음부터 세계적으로 고양이의 근친 교배가 시작됐다. 가축화된 고양이의 숫자가 많지 않아 어쩔 수 없는 일이긴 했지만, 이는 결과적으로 유전적 변이를 유발했다. 인간들은 자신이 좋아하는 고양이의 신체적 특징, 가령 털의 색깔과 길이, 눈의 색깔과 모양 등을 선별해 지역별로 특징적인 종을 만들기 시작했다. 이렇게 해서 태어난 대표적인 종이 터키시앙고라고양이, 태국 샴고양이, 그리고……

페르시아고양이다.

같은 시기 유럽은 아시아에서 대량 유입된 흑쥐 떼로 골머리를 앓고 있었다. 농민들은 흑쥐의 공격을 막아 내기 위해 고양이 군대를 만들었는데, 이때도 역시 우리 선조들이 톡톡히 역할을 해냈다. 사악한 존재로 취급받던 대도시들에서와는 전혀 다른 풍경이었다.

고양이는 여러 분야에서 쓰임새를 인정받았다. 고양이 똥은 탈모를 늦추거나 간질 증상을 억제하기 위한 약재로 쓰였고, 고양이 골수는 류머티즘 치료에, 고양이 지방은 치질 증상 완화에 쓰였다.

골수와 지방이 사용됐다는 것은 고양이를 사냥감으로 여겼다는 뜻이다. 스페인에서는 고양이를 사냥해 음식으로 먹기도 했다. 스페인 왕의 요리사였던 루페르토 데 놀라라는 사람은 고양이를 주재료로 쓰는 요리책을 출간해 많은 인기를 얻었다. 비슷한 요리 재료로 여겨져 거의 같은 소스와 양념이 들어가는 토끼 고기와 비교해 볼 때 고양이 고기 맛이 훨씬 섬세하다는 평가를 받았다고 한다.

고양이 내장은 현악기 제작에 쓰이기도 했다. 사람들은 고양이한테서 창자를 꺼낸 다음 〈고양이 내장으로 만든 줄〉을 기타의 현으로 삼았다. 이뿐만이 아니다. 재단사들은 고양이 가죽으로 털외투와 토시, 모자, 쿠션 등 다양한 물건을 만들었다.

우리 선조들에게 그런 만행을 저지른 인간들한테 결국 불운이 닥쳤다. 페스트라는 치명적인 감염병이 번지기 시작한 것이다. 쥐가 옮기는 병이었기 때문에 고양이를 기르던 인간은 상대적으로 이 병으로부터 더 안전할 수 있었다. 1348년부터 1350년 사이에 흑사병의 대유행으로 2천5백만 명이 사망했는데, 그중 절반이 유럽인이었다. 그런 대재앙에서 교훈을 얻을 법도 한데 인간은 그렇지 못했다. 살아남은 인간들은 우리 조상에게 고마워하기는커녕 고양이를 키우는 사람들이 페스트를 옮긴 사악한 세력과 한통속이라는 해괴한 결론을 내렸다. 당시 고양이를 좋아한 유대인들은 상대적으로 병에 걸린 사람이 적었는데, 기독교 광신주의자들은 (합리적인 이유를 찾으려 하지 않고) 그들에게 주술적 이미지를 덧씌워 대량 학살했다. 그들이 키우던 고양이도 당연히 몰살당하고 말았다.

이런 상황에서 1484년, 교황 인노첸시오 8세는 고양이가 변장을 하고 지상에 내려온 악마라고 규정하고, 신실한 신도라면 성 요한 축일 날 밤에 집고양이와 길고양이를 불문하고 모조리 잡아서 산 채로 장작불에 태워야 한다는 칙령까지 내렸다.

1540년에 다시 페스트가 발병해 인구의 절반이 목숨을 잃게 된다. 이때도 역시 고양이를 키우던 생존자들이 재앙의 원흉으로 지목돼 조직적으로 죽임을 당했다.

영국의 메리 1세는 고양이를 프로테스탄트 이단의 상징으로 간주해 백성들에게 산 채로 불태워 죽이라고 명령했다. 엘리자베스 1세가 왕위에 오르자 이번에는 고양이가 가톨릭 이단의 상징으로 여겨져 또 한 번 수난을 겪어야 했다.

1665년, 또다시 페스트가 유럽 전역을 휩쓸고 지나간다. 공교롭게도 런던에서 대규모 고양이 박멸이 행해진 뒤였다!

인간이 제아무리 똑똑해도 재앙에서 살아남은 것과 고양이를 키운 것 사이에 관련이 있다는 것을 알아내기까지는 몇 세기가 걸렸다. 1894년에 이르러서야 쥐벼룩을 숙주 삼아 페스트를 옮기는 예르시니아 페스티스라는 균이 발견됐다. 다행한 일은 그사이 교황 식스토 5세(1585년에서 1590년까지 재위)가 고양이에게 덧씌워진 악마적 이미지를 걷어 내고 기독교인들이 고양이를 키울 수 있게 해준 것이다.

〈르네상스〉라고 불리는 이 시대부터 고양이는 프랑스를 비롯한 유럽 여러 나라에서 긍정적인 이미지를 되찾았다. 기독교인들이 마침내 파문에 대한 두려움 없이 고양이를 소유할 수 있게 됐다.

이제 고양이는 인간에게 없어서는 안 될 존재가 된 것이다.

얼굴을 찡그리며 하악거리는
검은 고양이

62

63

검은 고양이 등에 올라타
하늘을 나는 아름다운 마녀
오귀스트 르루의 일러스트
작품, 1920

64

신화와 전설 속 고양이: 검은
고양이들이 지켜보는 가운데
마술을 행하는 여성의 모습
A.B. 프로스트(1851~1928)
작품의 컬러 복제화

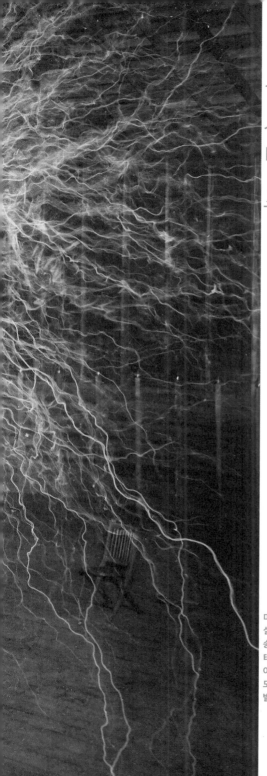

과학
기술
발전의
주역

미국 콜로라도스프링스에 위치한
실험실에서 자신이 만든 증폭
송신기 밑에 앉아 있는 니콜라
테슬라(1856~1943). 그는
아들이 고양이 마체크를 쓰다듬는
모습을 바라보다가 정전기 현상을
발견했다.

고양이는 르네상스 시대에 와서야 과학자와 예술가에게 진지한 관심의 대상이 되었다. 프랑스에서는 루이 13세가 공식적으로 고양이의 명예를 회복시켜 주었다. 그의 신하였던 리슐리외 재상은 스무 마리가량의 고양이를 길렀는데, 아침에 고양이와 놀아 주고 나서야 집무를 시작했다고 한다. 우리 고양이들을 정말로 좋아했던 사람이 분명하다. 루이 13세는 농민들한테 고양이를 길러 곳간의 곡식을 지키라고 권했고, 자기 자신은 왕궁 도서관에 고양이 여단을 상주시켜 책을 갉아 먹는 음험한 생쥐로부터 장서를 보호했다. 그러나 안타깝게도 그의 열정은 후계자에게 계승되지 못했다. 어린 나이에 왕위에 오른 루이 14세는 친우들과 화덕에 고양이를 집어 던지는 장난을 치며 놀았다고 전해진다. 루이 14세가 그랬듯 캄비세스 2세, 율리우스 카이사르부터 훗날 나폴레옹과 히틀러에 이르기까지 고양이를 끔찍이 싫어한 권력자들은 독재자인 경우가 많았다……. 다행히도 루이 15세는 전임자와 달리 애묘가였다. 그는 각료 회의에 늘 자신이 키우던 털이 하얀 고양이를 안고 참석했다고 한다. 성 요한 축일에 고양이 화형을 공식적으로 금지한 것도 그였다.

이즈음부터 고양이는 과학 실험에 사용되기 시작한다. 과학은 세계를 이해하려는 학문을 말한다. 정치는 법률을 받들고 종교는 하늘에서 세상을 지켜본다는 상상 속 수염 달린 거인의 뜻에 순종하지만 과학은 선입견 없이 진리를 추구하고 새로운 질문을 던진다. 그래서인지 과학자들은 고양이를 통해 많은 것을 이해할 수 있다는 가능성을 가장 먼저 천착했다.

위대한 과학자들 중에 아이작 뉴턴이라는 사람이 있다. 그가 만유인력의 법칙을 발견한 1666년은 제3차 페스트가 영국의 수도인 런던에 창궐할 때였다. 감염병을 피해 런던을 떠나 울즈소프에 머물던 뉴턴이 어느 날 오후 나무 밑에서 낮잠을 자는데, 그가 키우던 암고양이 매리언이 나뭇가지에서 놀다가 그의 위로 떨어졌다. 깜짝 놀라 잠이 깬 뉴턴은 문득 이런 생각을 했다. 〈나무에 있던 매리언은 내 위로 떨어지는데 왜 달은 지구로 떨어지지 않지?〉 이를 통해 그는 물리학의 가장 위대한 발견 중 하나인 중력의 법칙을 추론해 냈다. 훗날, 역시 애묘가였던 프랑스 작가 볼테르는 고양이를 사과로 바꿔서 뉴턴의 얘기를 사람들에게 전했다. 과학적 영감을 준 매리언이 고마웠던 뉴턴은 집 현관문 아래쪽에 네모난 구멍을 내서 고양이가 마음대로 드나들게 해줬다. 현대 물리학의 창시자인 뉴턴은 주로 집 안에 머물게 된 고양이들에게 없어서는 안 될 고양이 출입구의 발명자이기도 했다. 훗날 또 다른 과학자인 니콜라 테슬라도 고양이에게서 영감을 얻었다. 그는 아들이 고양이 마체크를 쓰다듬는 모습을 바라보다가 어둠 속에서 작은 불꽃이 이는 걸 보고 정전기 현상을 발견했다.

과학이 우리 고양이 선조들을 종교의 박해로부터 구해 준 건 사실이지만 동시에 새로운 고통을 안겨 주기도 했다. 지금부터 이에 대해 좀 더 자세히 살펴보기로 하자.

고양이를 품에 안은
여성의 초상화
바키아카(프란체스코
두베르티노 베르디)
(1494~1557)

고양이를 품에 안은
여성의 초상화
작자 미상, 16세기

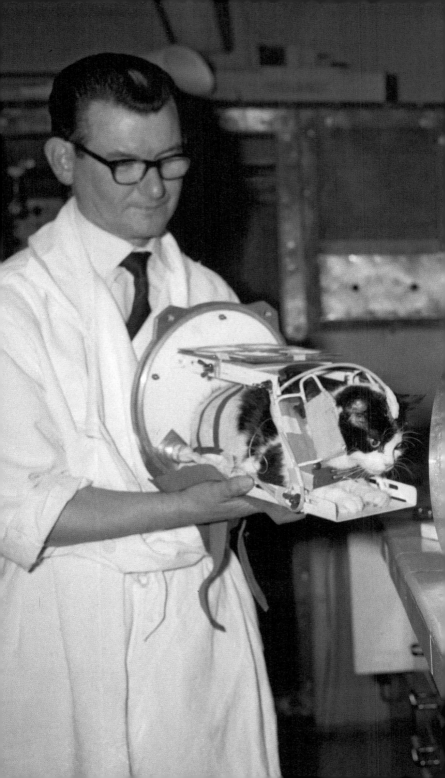

우주
정복에
나선
고양이

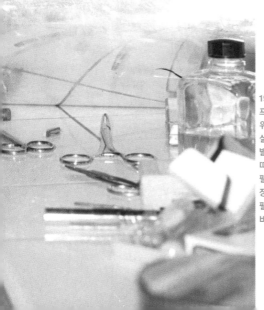

1963년 10월 18일, 당시
프랑스령이던 알제리 아마귀르에
위치한 우주 센터에서 우주 생물학
실험의 일환으로 프랑스 로켓이
발사됐다. 여기에 실려 우주로
떠났던 최초의 고양이 우주 비행사
펠리스트가 훈련을 위해 실험
장비 속에 들어가 있는 모습이다.
펠리스트는 캡슐에 넣어져 우주
비행을 하고 돌아왔다.

1900년대에 들어와서는 고양이가 예전처럼 주술의 상징이
아니라 자유의 상징으로 여겨지기 시작했다. 특히 검은
고양이는 무정부주의 운동을 대표하는 이미지가 됐다.
무정부주의란 권력을 잡은 기존의 정부를 부정하고
우두머리를 없애자는 일종의 정치적 움직임으로, 경찰과 군대,
종교는 물론이고 어떤 형태의 권위에도 반대한다. 무정부주의
정당의 활동가들은 더러 깃발에 검은 고양이를 그려 넣기도
했다.

무정부주의자들은 자신들의 의지를 관철시키기 위해 왕과
장관, 대통령까지도 서슴없이 살해했다. 정부를 무력화하려는
이들의 시도가 빈번하던 중에 사라예보에서 오스트리아
황태자가 피살되는 일이 벌어진다. 그리고 이 사건은 결국
제1차 세계 대전을 촉발했다. 〈세계 대전〉이란 건 말 그대로 전
세계 인간들이 전쟁에 참가했다는 뜻이다. 물론 지역에 따라
격전지였던 곳도 있고 그렇지 않은 곳도 있었지만…….
우리 고양이 선조도 이 전쟁에 동원됐다. 1914년, 영국군은
독가스를 탐지하는 고양이 여단을 창설했다. 인간들이
노출되기 전에 미리 독가스를 탐지하는 것이 목적이었다.
인간들을 살리자고 애꿎은 고양이를 희생양으로 삼은
것이다…….

「진짜 참호병!」 우편엽서
제1차 세계 대전(1914~1918)
동안 참호 속에서 전투를 벌였던
병사들의 친구이자 보조병이었던
고양이. 쥐를 잡아 입에 문 모습이
독일군 병사를 죽이는 프랑스
병사를 연상시킨다. 목에 리본을
맨 위쪽의 크고 투실투실한
고양이는 최전방 전투에 참가하지
않고 후방 부대에 남아 있던
병사들을 떠올리게 한다.

USS 맥도너 3호 DD 351
구축함에 승선한 해군 병사들과
그들의 마스코트 고양이

제1차 세계 대전으로 2천만 명이 사망했다(이는 죽은 인간의
숫자이고, 고양이가 얼마나 많이 죽었는지는 알려지지 않았다).
4년에 걸친 이 전쟁이 끝나자 20년간 평화가 이어졌다. 하지만
전쟁이 얼마나 무서운 결과를 초래하는지 모르는 새로운 인간
세대가 출현해 또다시 전쟁을 일으켰다. 제2차 세계 대전을
일으킨 장본인은 히틀러라는 이름의 독일 독재자로, 고양이
공포증을 가졌다고 알려져 있다.

또 한 차례의 세계 대전에 수백만, 수천만 명의 인간이
참가했다. 그들은 한층 파괴적인 무기들을 사용했고, 이로 인해
사망자도 어마어마하게 늘어나 6천5백만 명에 이르렀다. 이
두 차례의 전쟁에서 보듯이 인간은 3보 전진 2보 후퇴에 능한
동물임이 분명하다.

종전 후 러시아와 미국은 오랫동안 앙숙으로 지냈다. 하지만
원자 폭탄의 사용으로 성찰의 기회를 갖게 된 두 나라는
정면충돌보다는 〈냉전〉을 택했다.

차가운 눈밭에서 뒹굴며 싸웠다는 뜻이 아니라, 두 나라가 직접
맞붙는 대신 제3국에 대리전쟁을 시켰다는 뜻이다. 냉전이
한창이던 1961년, 미군은 소련 대사관을 도청하기 위해 고양이
스파이를 만드는 프로젝트에 착수했다. 일명 〈어쿠스틱 키티〉
작전이었다.

미군 과학자들은 키티라는 이름의 고양이 귓속에 마이크를
넣고 꼬리에는 금속 안테나를 넣어서 배 속에 삽입한 커다란
배터리와 연결하는 수술을 했다. 그리고 목표물 내부로
진입하게끔 조련했다. 그런데 실행 당일 소련 대사관 정문에
갖다 놓은 키티가 명령을 어기고 도로로 뛰쳐나왔고, 잠시 후

와지끈 깨지는 소리와 함께 달리던 택시에 치여 숨졌다.

미군은 이후에도 같은 실험을 반복했다. 10여 마리의 고양이가 스파이가 되기 위해 수술대에 올라야 했지만 임무 수행에 성공한 고양이는 한 마리도 없었다…….

냉전이 계속되던 1963년, 암고양이 한 마리가 우주를 비행했다. 펠리세트라는 이름을 가진 이 고양이는 캡슐에 실려 프랑스 로켓을 타고 우주로 떠나 5분의 무중력 상태를 포함해 총 10분간 우주를 비행하고 무사히 지상으로 귀환했다. 최초의 고양이 우주 비행사인 펠리세트는 스타가 됐다.

유명한 고양이는 펠리세트 말고도 더 있었다. 최초의 북극 원정대의 일원이었던 미시즈 치피와 1997년 미국 알래스카주 탤키트나의 시장으로 선출된 스텁스도 우리가 고양이라는 사실에 자긍심을 느끼게 해주는 유명한 선조들이었다.

오늘날 프랑스에는 1천 2백만 마리의 고양이가 살고 있다. 유럽에는 5천만 마리, 지구 전체로는 4억 마리의 고양이가 존재한다. 인간의 숫자는 조만간 80억에 이를 것으로 예상되니, 여전히 지구상에는 고양이의 20배에 달하는 인간이 살고 있는 셈이다.

하지만 인간도 고양이도 쥐의 숫자에 비하면 아무것도 아니다. 현재 지구상에는 8백억 마리가량의 쥐가 존재하는 것으로 추정된다. 압도적인 숫자도 숫자지만 높은 지능과 사회성을 갖춘 이들이 앞으로 지구의 지배종이 될 가능성이 있다는 게 더 큰 문제다. 우리 고양이들이 쥐들을 절대 과소평가해서는 안 되는 이유다.

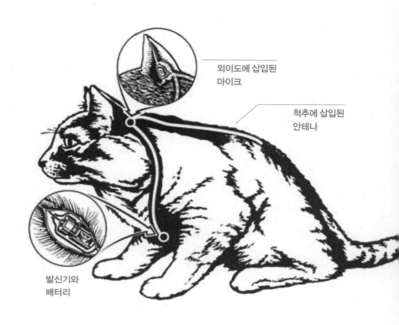

외이도에 삽입된
마이크

척추에 삽입된
안테나

발신기와
배터리

CIA가 추진한
〈어쿠스틱 키티〉 프로젝트
마이크와 배터리, 안테나가
몸에 내장된 고양이 스파이

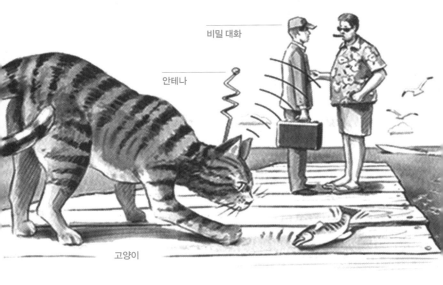

비밀 대화

안테나

고양이

81

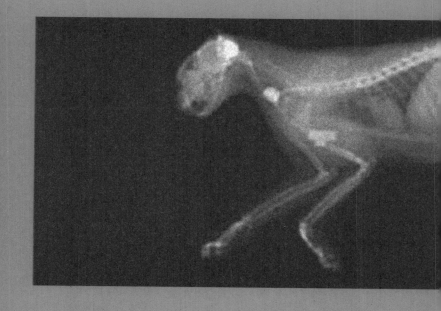

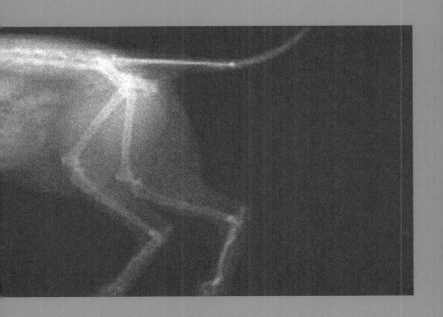

고양이 스파이의
엑스레이 사진

83

1963년 12월 11일, 파리의
빅토르 대로에 위치한 실험실에서
우주 비행 훈련을 위해 대기
중인 고양이들. 가만히 기다리는
데 익숙해져 있는 모습이다.
고양이들의 정수리에 내 제3의
눈의 〈원조〉격인 장치가 붙어
있는 게 눈길을 끈다.

84

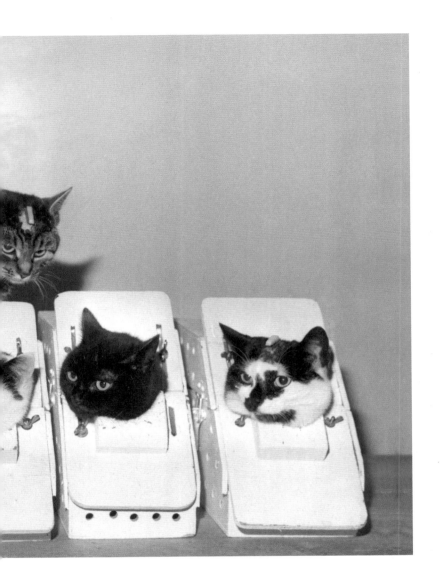

85

2

고양이라는
동물

인간들과 가까이 지내다 보면 그들의 행동에 이상한 점이 한두 가지가 아니라는 걸 알게 된다…….

인간이 우는 걸 보면 우리는 당연히 배가 고파 그러리라 짐작한다. 하지만 그들은 아끼는 물건을 잃어버렸거나 사랑하는 사람을 떠나보냈을 때 그런 반응을 보인다. 상실감과 그리움이 눈물을 흘리게 만드는 것이다.

인간이 털실 뭉치를 조몰락거리는 걸 보면 우리는 당연히 장난을 치는 줄 안다. 한데 그의 머릿속에는 따뜻한 옷을 떠서 입어야겠다는 생각이 들어 있다.

인간이 큰 소리로 말하기 시작하면 우리는 당연히 화를 내는 줄 안다. 하지만 그는 귀가 잘 들리지 않아 그러는 것이다. 자기가 큰 소리로 말하면 상대방이 더 큰 소리로 잘 들리게 말해 주리라 기대해서 하는 행동이다.

인간이 음식을 주지 않으면 우리는 당연히 우리를 싫어해서 그러는 줄 안다. 하지만 인간의 머릿속에는 전혀 다른 의도가 들어 있다. 자신의 고양이가 비만해질 것을 염려해 건강을 위해 식사량을 조절해 주려는 것이다.

이렇듯 고양이와 인간은 자신의 몸을 인식하는 방법도, 세계를 지각하는 방법도 전혀 다르다. 이제 여러분은 그동안 잘 몰랐던 고양이라는 동물의 모든 것을 알게 될 것이다.

골격

고양이들의 뼈대는 우리와 사촌지간이라 할 수 있는 야생
고양잇과 동물들과 유사하다. 무척 유연한 척추를 지닌 덕분에
우리 고양이들은 유연성과 균형 감각이 뛰어나다.

고양이는 아무리 좁은 틈이라도 머리만 들어갈 수 있으면 몸
전체를 통과시킬 수 있는데, 그 이유는 쇄골이 퇴화해서 뼈가
단단하지 않고 크기도 작기 때문이다.

인간의 쇄골이 다른 뼈에 연결되어 있는 것과 달리 고양이의
쇄골은 붕 뜬 채 근육에만 연결되어 있어 어깨 관절을 움직일 수
있는 범위가 매우 넓다. 또한 어깨뼈가 머리 뒤쪽에 있어
다리의 움직임에 따라 자유자재로 위치를 바꿀 수 있다.

뼈의 개수는 242개로 성인 인간보다 36개 많고, 필요에 따라
근육이 늘어났다 줄어들었다 하는 놀라운 유연성을 보인다.

뼈와 뼈 사이에 물렁물렁한 연골이 두텁게 자리 잡고 있어 높은
곳에서도 안전하게 뛰어내릴 수 있으며 뒷다리의 근육이
발달해 시속 50킬로미터까지도 달릴 수 있다. 다만 이는
순간적으로 짧은 시간에만 낼 수 있는 속도이며 지구력은
떨어지는 편이다.

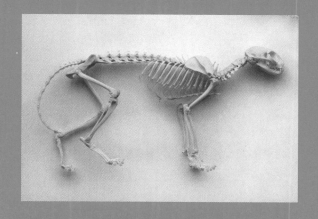

91

음식

식사를 함에 있어 우리 고양이와 인간은 큰 차이를 보인다. 고양이는 허기를 느껴야 음식을 먹지만 인간은 아침, 점심, 저녁, 이렇게 시간을 정해 놓고 하루 세끼를 먹는다. 배가 고파야 먹는 우리는 하루에 열 끼를 먹기도, 끼니를 전부 거르기도 하지만, 인간은 배가 고프지 않아도 삼시 세끼를 먹는다. 고양이는 배가 차면 더 먹지 않는 반면, 인간은 배가 불러도 습관처럼 계속 먹는다. 짜고 달고 기름진 음식을 먹을 때 뇌에서 포만감과 무관한 기쁨을 느끼기 때문이다. 음식의 모양이나 색깔, 심지어 값어치도 인간에게는 식욕을 불러일으키는 요소다. 인간은 몸에 꼭 필요하지 않아도 음식을 먹는다는 얘기다.

95

수면

고양이와 인간은 활동하는 시간대가 무척 다르다.
인간은 주로 낮에 활동하고 밤에 휴식을 취하는
반면, 야행성 육식 동물을 조상으로 둔 우리
고양이는 그와 반대다. 예전 우리 조상들에게는
초저녁 어스름이나 새벽 동틀 무렵의 사냥하는 시간이 곧 식사
시간이었고, 이 시간대에 가장 왕성하게 활동했다. 하지만 요즘
고양이들은 아무 때나 원하는 시간에 활동하다가 피로가
느껴지면 휴식을 취한다.
이렇듯 고양이는 몸의 필요에 귀를 기울이면서 신체와 일체를
이루는 삶을 사는 반면, 인간은 식습관이 좋지 않고 신체
리듬과 일치하지 않는 피곤한 삶을 사는 탓에 수시로 병을
얻는다.

청각

고양이와 인간의 청각 능력은 천지 차이다. 인간은 고양이에 비해 지각할 수 있는 음역이 제한적이어서, 우리 고양이들이 듣는 소리의 절반밖에 듣지 못한다. 우리는 6만 5천 헤르츠의 초음파까지 탐지해 낼 수 있는데 인간의 가청 진동수는 2만 헤르츠에 그친다. 다만 모든 고양이가 타고나길 귀가 좋은 건 아니다. 눈이 파랗고 털이 하얀 품종 중에는 선천성 난청이 많으며 털까지 긴 경우 일부 완전한 난청을 보인다.

움직이지 못하는 인간의 귀와 달리 고양이의 귓바퀴는 독립적으로 180도까지 움직일 수 있다.

종종 인간이 우리 귀를 보고 잘린 줄 착각해 놀랄 때가 있는데, 그건 귓바퀴 뒤쪽 피부가 주름이 잡힌 것처럼 이중으로 돼 있기 때문이다. 귓바퀴의 볼록한 바깥쪽 면은 털로 덮여 있지만 안쪽 면은 피부가 드러나 있어 더욱 그렇게 착각하는 것이다.

후각

후각 역시 고양이가 인간보다 40배는 발달돼 있다. 고양이의
후각 수용 세포 수가 2억 개에 이르는 데 반해 인간은 5백만 개
정도에 그친다. 고양이들은 후각을 통해 서로 관계를 맺는다.
서로 머리를 문지르거나 부딪쳐서 페로몬을 방출하고, 상대의
냄새를 맡아 그가 친구인지 적인지, 지금 어떤 기분인지,
얼마나 건강한지 정보를 얻을 수 있다.
고양이의 코를 자세히 들여다보면 오돌토돌한 주름이 있는데,
이는 마치 인간의 지문처럼 고양이마다 전부 다르다고 한다.

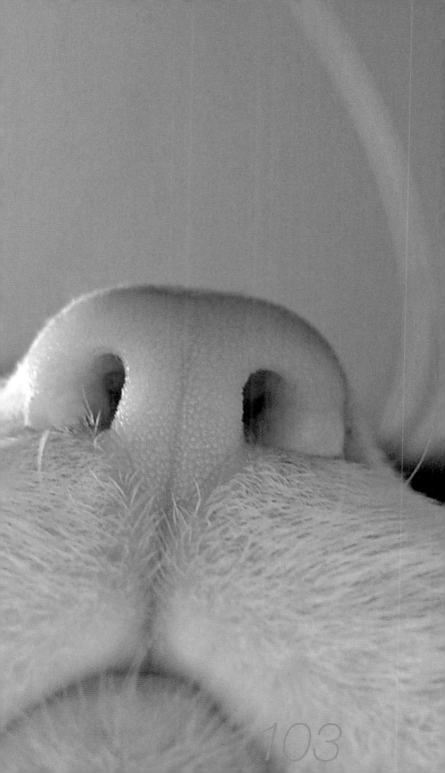

104

105

106

야콥슨 기관

고양이는 입안에 신경 세포로 뒤덮인 야콥슨 기관(보습 코
기관)이라는 감각 기관을 가지고 있다. 냄새를 맡을 때
윗입술이 올라가면서 앞니 뒤쪽 입천장에 있는 두 개의 작은
관이 열리는데, 이 관을 통해 냄새가 전달된다.
이때 고양이는 입을 벌린 채 깜짝 놀란 듯한 표정을 지으며,
이를 플레멘 반응Flehmen Response이라고 한다. 다른
고양이의 페로몬 냄새를 맡았을 때나 새로운 냄새에서 정보를
분석해야 할 때, 또는 위험한 냄새를 감지했을 때 이 같은
반응을 보인다. 야콥슨 기관은 번식이나 사회적 행동에 필요한
후각 정보를 수용하는 보조 후각 기관이라 할 수 있다.

혀

고양이의 혀는 가시같이 생긴 조직으로 덮여 오돌토돌하다.
우리 발톱의 성분과 똑같은 케라틴으로 이루어진 원뿔 모양
돌기들은 털을 핥을 때 빗 같은 역할을 함으로써 죽은 털을
뽑아내 깨끗하게 관리할 수 있게 해준다.
혀의 중앙에 붙어 있는 이 사상 유두들은 우리가 잡은 사냥감의
뼈에 붙어 있는 고기를 발라내는 데도 유용하게 쓰인다.
고양이는 혀를 놀려 수시로 몸단장을 함으로써 털에 묻은 바깥
냄새를 제거한다.

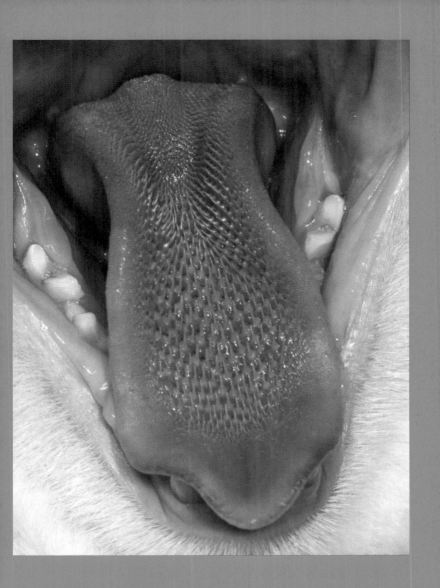

시야가 좁고(인간의 시야는 약 180도인데 반해 고양이는 280도다) 가시광선 파장의 범위도 좁은(인간은 어둠 속에서는 사물을 분간하지 못한다) 인간에 비해 고양이는 시각 능력이 매우 뛰어난 동물이다. 게다가 우리 고양이들의 안구 안쪽에는 휘판tapetum lucidum이라는 특별한 반사막이 있어 빛을 증폭시켜 주고, 빛을 감지하는 간상세포의 개수도 훨씬 많기 때문에 어둠 속에서 인간보다 여섯 배 이상 잘 볼 수 있다.

반대로 밝은 곳에서 색을 구별하는 원추 세포의 수는 적어서 붉은색과 초록색을 구분할 수 없는 적록 색맹이고, 붉은색을 감지하는 세포가 없어 노란색이나 옅은 녹색으로 본다.

고양이가 가장 선명하고 정확하게 볼 수 있는 색은 파란색과 노란색이다.

또한 심한 근시로 인간이 지닌 시력의 10분의 1 수준밖에 안 되지만, 대신 동체 시력이 매우 좋고 원근감을 감지하는 능력도 뛰어나 쥐같이 작은 동물을 잡는 데 빼어난 실력을 보이는 것이다.

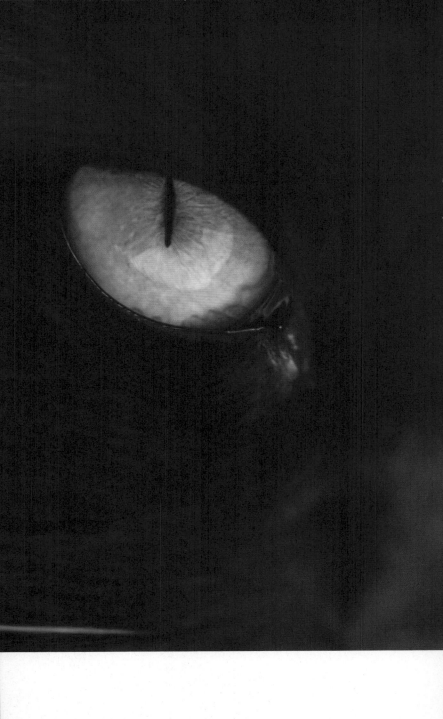

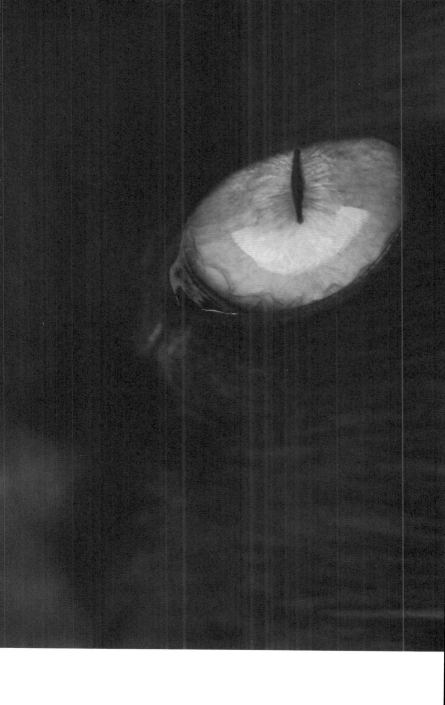

수염

우리 고양이들에게 공기 중의 아주 미세한 진동까지 잡아내는 수염이 달려 있는 것과 달리, 인간은 청각과 시각에만 의존해 세계를 지각한다. 따라서 머리 뒤쪽에서 소리 없이 일어나는 움직임을 포착하기란 불가능하다(가령 지진 발생을 미리 지각할 수 있는 고양이의 능력을 인간한테서는 기대할 수 없다).

고양이의 수염이 얼굴에만 달려 있다고 생각하는 인간들이 많은데, 사실은 앞다리 뒤쪽에도 수염이 다발로 나 있다. 모든 수염들은 지진뿐 아니라 기압의 변화도 감지해 날씨를 미리 알려 주고, 공간의 너비와 폭이 얼마나 되는지도 파악하게 해준다. 고양이는 수염이 전달하는 정보를 토대로 좁은 공간도 잘 통과할 수 있다.

수염은 눈을 대신하기도 한다. 고양이는 30센티미터 이내에 있는 물체는 제대로 보지 못하는데, 이럴 때 입가에 난 수염을 한 가닥씩 움직여 공기의 미세한 흐름을 읽음으로써 물체를 인식한다. 수염 한 가닥 한 가닥이 신경 세포를 통해 뇌에 각기 다른 정보를 전달하기 때문에 지극히 세밀한 위치와 움직임까지도 정확히 알 수 있다. 또한 사냥감이 너무 가까워 보이지 않게 되면 수염을 앞으로 쭉 뻗어 위치를 파악하고 입으로 잡기도 한다.

발바닥 패드(일명 발바닥 젤리)

발바닥 전체를 땅에 대고 걷는 척행 동물인 인간과 달리
고양이는 발가락 끝으로 걷는 지행 동물이다.

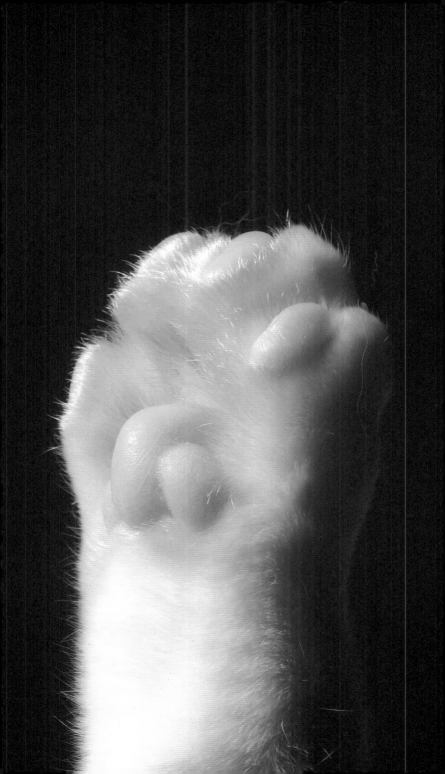

120

우리한테는 대개 털색 일부와 비슷한 색깔의 발바닥 패드가 있어 어떠한 지형에서도 소리 없이 조용히 움직일 수 있다. 이 패드는 피부가 두껍고 지방이 많은 조직으로 이루어져 있어 높은 곳에서 떨어지거나 요철이 심한 곳을 걸을 때도 다치지 않게 해준다. 충격을 흡수하는 역할을 하는 중요한 부위다.

123

125

126

127

128

발바닥 패드에는 뛰어난 미끄럼 방지 기능도 있다. 가운데
패드가 브레이크 구실을 하고 패드를 뒤덮은 각질층이
미끄러운 표면에서 점착력을 발휘하기 때문이다.
고양이가 위협적인 사냥꾼일 수 있는 것은 전적으로 이 발바닥
패드의 존재 덕분이다!

135

(극한의 기온에서는 어쩔 수 없지만) 발바닥 패드에 있는
땀샘은 우리 몸의 체온을 일정하게 유지하도록 도와준다. 우리
고양이들은 발바닥으로 땀을 흘려 38도에서 39도 사이의
체온을 유지한다.

137

139

앙증맞게 보이는 이 발바닥 패드에는 촉각 수용기가 있어 진동을 감지하는 역할을 한다. 덕분에 우리는 사냥감의 존재를 확인하고, 이동 속도와 거리 등 상대에 대한 정보를 수집할 수 있다. 이렇게 사냥감을 포착하고 나면 잽싸게 몸을 날려 잡는 일만 남는다.

140

마지막으로 한 가지 더, 고양이가 발톱으로 긁는 곳에는 특유의 냄새가 남게 되는데, 이는 발바닥 패드에서 나오는 분비물 때문이다. 우리가 남겨 놓는 다양한 냄새들은 고양이 간의 소통에 중요한 수단이 된다.

144

145

꼬리 언어

고양이가 하늘로 꼬리를 치켜세우는 것은 긍정적인 신호다. 기분이 좋거나 흥분했을 때 보이는 모습이기 때문이다. 우리는 장난기가 발동할 때나 발정기에도 꼬리를 높이 세운다.

긴장이 풀린 편안한 상태에서 우리는 가끔 다른 고양이에게,
심지어는 좋아하는 인간에게도 꼬리를 감아 애정을 표현한다.

150

품종에 따라 차이는 있을 수 있지만, 고양이가 아래위로 꼬리를 빠르게 움직이는 것은 대개 긴장감이나 두려움의 표현이다. 반대로 시선을 한곳에 집중한 채 꼬리를 천천히 움직이는 것은 관심과 호기심을 드러내는 방식이다. 이런 부동자세로 꼬리만 살랑거리면서 뭔가를 조용히 관찰하다가…… 득달같이 목표물을 향해 뛰어오른다. 가령 우리가 주시하던 사냥감을 향해서 말이다. 반면 우리가 바닥에 꼬리를 끄는 것은 의심과 경계를 의미한다.

151

152

153

우리 고양이들이 배 밑으로 꼬리를 말아 넣는 것은 불편한 심기를 드러낼 때 하는 행동이다.

155

공포가 커지면 우리는 꼬리와 몸통의 털을 부풀린다.
스트레스가 극에 달하면 온몸의 털을 부풀린 상태에서 등을
말고 귀를 뒤로 납작하게 젖힌다.

157

고양이 꼬리는 평형추 역할까지 해, 빠르게 도약하거나 질주할
때 몸의 균형을 유지할 수 있게 해준다.

아 참, 또 한 가지 용도를 깜빡했다. 때때로 고양이 꼬리는
밧줄처럼 쓰이기도 한다……. 물론 극히 드문 경우이긴
하지만!

163

164

사랑의 계절

암고양이에게 발정기가 찾아오는 봄과 여름이 우리
고양이들한테는 사랑의 계절이다. 이때 교미할 수컷을 찾아
나서는 암고양이는 임신 가능한 상태임을 수컷들에게 알리기
위해 평소와 다른 행동을 보인다. 수시로 아무 데나 머리를
비벼 대고 발정기 특유의 아기 울음 같은 소리를 쉴 새 없이
내며, 엉덩이는 치켜들고 꼬리는 옆으로 넘기는 일명 척추 전만
자세를 취한다.

166

167

발정기 수고양이의 행동 또한 평소와는 사뭇 달라진다. 암컷과 교미할 〈권리〉를 확보하기 위해 수컷들은 같은 영역에 있는 경쟁자들과 싸움을 벌인다.

교미할 상대가 결정되면 수컷은 암컷에게 다가가 냄새를 맡고 나서 위에 올라타 뒷목 아래쪽 피부를 꽉 깨문다. 이렇게 무는 행동은 암컷은 척추 전만 자세를, 수컷은 정확한 교미 자세를 잡는 데 중요하며, 극히 정상적인 것이다. 이것이 암컷의 몸에 호르몬 변화를 일으켜 배란을 유도하기 때문이다.

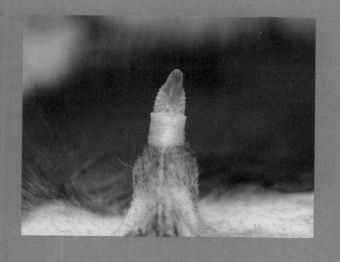

수컷의 성기에는 작은 가시 같은 것들이 돋아 있다. 성기 안쪽으로 나 있는 이 가시들은 암컷의 배란을 자극하는 역할을 한다. 수컷이 물고 있던 목덜미를 놓는 순간 암컷은 요란스럽게 몸을 빼면서 더러 상대 수컷을 향해 공격적인 태도를 보이기도 한다. 이렇게 20여 분 동안 암컷이 수컷을 적대시하고 나면 경우에 따라 다시 한번 교미가 이뤄지기도 한다.

수정 뒤 암컷의 임신 기간은 대략 두 달이다. 이때 암고양이는 체중이 불고 유선이 발달하는 등 눈에 띄는 변화를 보인다. 진통이 오기 시작하면 암고양이는 바닥에 누워 분만 자세를 취한다. 분만 시간은 제법 길어, 진통이 시작된 후 배 속의 새끼를 모두 낳을 때까지 10시간 가까이 걸리기도 한다. 분만 간격은 보통 30분 내외다. 품종에 따라 차이는 있지만 암고양이는 한배에 평균 네 마리의 새끼를 낳는다. 드물지만 한 번에 열 마리까지 낳는 암컷도 있긴 하다. 출산을 한 암컷에게는 대략 6주 뒤 다시 발정기가 찾아온다. 일 년에 여러 번 새끼를 낳을 수 있다는 의미다.

175

새끼 고양이는 태어난 지 약 10일이
지나야 눈을 뜨게 된다. 갓 태어난
새끼는 어미 몸 밖으로
빠져나오는 순간부터 젖을
빨기 시작한다. 어미
고양이의 수유 기간은
평균 6주가량이다.

179

한배에서 태어났더라도 새끼 고양이들끼리 털 색깔이 다른
경우는 무척 흔하다. 수정이 일어날 때 암컷의 난자와 수컷의
정자가 가진 유전자들이 저마다 다른 방식으로 결합한 탓이다.
각각의 새끼 고양이는 난자 하나와 정자 하나가 결합해
만들어진 결과물이므로 서로 다른 유전자들을 보유하는 게
얼마든지 가능하다.

더군다나 한배에서 나온 새끼들이라도 어미의 난자가 수컷
여러 마리의 정자들과 결합해 수정이 이루어진 경우도 흔하다.
발정기 동안 암컷은 수컷들과 여러 차례 교미를 하기도 한다.
이렇다 보니 암컷의 난자들이 서로 다른 수컷들의 정자들과
결합해 수정이 이루어지는 일도 드물지 않은
것이다.

출산의 여왕으로 이름을 날린 암고양이가 있다! 기네스북에
등재된 더스티라는 이름의 이 줄무늬 암고양이는 1935년 미국
텍사스주에서 태어나 가임 기간 동안 총 …… 420마리의
새끼를 낳았다! 더스티는 1952년 6월 12일 마지막으로 새끼
한 마리를 낳음으로써 기나긴 출산의 여정을 마쳤다.

양육 기간 동안 어미는 수시로 새끼들을 이곳저곳으로 옮긴다. 이때 어미가 가장 빠르고 안전하게 새끼를 잡는 방법은 뒷덜미의 얇고 느슨한 피부를 입으로 무는 것이다. 새끼가 아플 거라고 인간들은 생각할지 모르지만, 전혀 그렇지 않다. 새끼 고양이는 이 부위에 특별한 수용체가 있어 어미가 목을 무는 순간 긴장이 이완되게 된다. 편안함을 느낀 새끼는 반사적으로 앞다리를 아래쪽으로 떨구고 꼬리를 밑으로 내리는 동작을 취한다.

185

한배에서 태어난 새끼들은 어울려 뒹굴고 놀면서 함께 자라는데, 인간의 눈에는 때때로 엉켜 싸우는 것 같은 모습으로 비칠 때도 있다. 인간들은 어미가 왜 새끼들을 떼어 놓지 않는지 이해하지 못하겠지만, 새끼 고양이들은 그런 행동을 통해 공존하며 살아가는 방식을 배우게 된다. 당연히 이 과정에서 그들 사이에 필요한 서열이 정해진다.

187

애니멀 호딩

어미 고양이가 한배에 열 마리까지 새끼를 낳기도 하는 반면,
인간에게서는 지나치게 많은 수의 동물을 기르는 병적 현상이
관찰되기도 한다. 노아 증후군으로도 불리는 이 정신 질환은
과도한 수의 반려동물을 기르는 60세 이상의 여성에게서 주로
나타난다. 2011년, 프랑스 로슈포르에서는 원룸에 사는 한
여성이 고양이 열일곱 마리와 다람쥐, 거북이, 햄스터, 토끼,
비둘기, 열대어 등 모두 2백 마리가 넘는 동물을 키운다는
사실이 알려져 화제가 된 바 있다.

189

190

높은 곳에서 떨어진 고양이가
네발로 착지하는 이유

고양이는 높은 곳에서 떨어지는 순간 본능적으로 몸을 아주
넓게 펼친다.

그렇게 함으로써 최대한 큰 양력을 발생시켜 낙하 속도가 시속 1백 킬로미터를 넘지 못하게 만드는 것이다(날다람쥐와 비슷한 원리라고 보면 된다). 우리의 꼬리는 낙하 시 완벽한 자세를 잡게 해준다.

195

196

귀는 낙하 방향을 파악해 최적의 자세를 잡게 돕는다.
수염은 지면과의 거리를 지속해서 알려 주는 역할을 한다.
지면이 가까워 오면 우리는 머리를 틀어 몸이 지면과 평행한
상태가 되게 하고 앞다리를 모아 입과 코를 보호한다. 유연하게
비틀어지는 척추는 골반이 머리와 일직선을 유지한 채
떨어지게 해준다.

197

이러한 반사 신경이 고양이 〈평형 감각〉의 비결이다.

고양이는 지면에 닿기 직전 네 다리를 쭉 뻗는데, 이것은 네 다리에 골고루 충격을 분배하기 위해서다. 이때 꼬리는 반대 방향으로 움직여 무게 중심을 잡아 주는 역할을 한다. 땅에 닿는 순간, 네 다리는 살짝 구부러지며 충격을 흡수한다. 이렇듯 각각의 신체 부위가 서로 다른 역할을 해주어 웬만한 높이에서 떨어져도 우리는 무사할 수 있다.

수의사들 사이에서 고양이는 〈스카이다이버〉라는 별명을 갖고 있다. 그들의 관찰에 따르면 우리는 2~3층 높이에서 추락할 때 가장 심한 부상을 입는다고 한다. 네발로 안전하게 착지하기 위해 최적의 자세를 잡을 시간이 충분하지 않기 때문이다. 추락 사고를 당하는 고양이가 가장 흔히 부상을 입는 곳은 별다른 보호 장치가 없는 턱 부위다. 아래턱 골절과 입천장 파열은 우리 〈스카이다이버〉들의 운명이다.

200

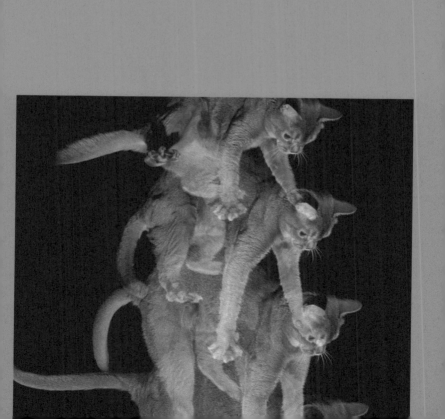

고양이 몸속에 사는 기생충들

『이기적 유전자』의 저자인 미국의 생물학자 리처드 도킨스는 몸속 깊숙한 곳에 있는 세포들의 활동이 우리 행동에 미치는 영향을 연구한다. 그는 독창적인 이론을 제시했다. 몸속에 사는 바이러스나 박테리아, 기생충 같은 아주 작은 생물체들이 부지불식중에 우리 행동에 영향을 끼친다는 것이다. 우리가 때때로 이해할 수 없는 행동을 보이는 이유는 신체를 생존 혹은 번식의 도구로 삼는, 눈에 보이지 않는 이 미세한 세입자들 때문이라고 그는 주장한다. 가령 도킨스는 일종의 박테리아인 매독균에 감염된 환자가 그렇지 않은 인간보다 짝짓기에 더 강한 욕구를 보인다는 사실을 발견했다. 이러한 사실로부터 그는 매독균이 최대한 많은 사람들을 감염시키고자 하는 전파 계획을 가지고 있다는 추론에 이르게 된다.

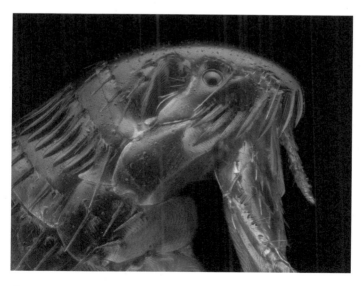

현미경으로 확대해 본 벼룩의
모습

개미의 몸속에 기생하는 간디스토마도 마찬가지다. 우연히 개미의 입으로 들어가는 순간 이 벌레는 숙주인 개미의 뇌를 완전히 장악해 버린다. 그러면 개미는 한밤중에 좀비처럼 일어나 돌아다니다가 풀을 뜯는 양의 입으로 들어가게 된다. 숙주가 바뀐 간디스토마는 양의 소화 기관에서 번식을 통해 진화를 계속할 수 있는 것이다.

고양이를 숙주로 삼는 톡소포자충, 일명 톡소플라스마도 마찬가지다. 이 벌레는 고양이의 대소변을 통해 밖으로 배출된다. 체코의 기생충 전문가 야로슬라프 플레그르 교수에 따르면, 쥐는 본래 고양이 오줌 냄새를 싫어하지만 톡소포자충에 감염된 쥐는 그 냄새에 끌리게 된다.

톡소포자충은 인간에게는 특별한 증상을 나타내지 않는 기생충이다. 하지만 대상이 임신한 여성일 경우에는 태아의 성장을 방해할 수도 있다고 한다. 아직까지는 톡소포자충 감염을 예방하는 백신이 존재하지 않는다.

플레그르 교수는 추가 연구를 통해 또 한 가지 흥미로운 사실을 밝혀냈다. 톡소포자충이 숙주인 인간의 행동에도 영향을 미칠 수 있다는 것이다. 쥐도 그렇지만 인간도 톡소포자충에 감염되면 후각에 변화가 일어난다고 그는 주장한다. 고양이 오줌 냄새가 좋아지고, 고양이에게 비정상적으로 끌리며, 자꾸 고양이를 쓰다듬어 주고 싶어진다는 것이다.

놀라운 발견은 더 있다. 톡소포자충에 감염된 사람은 위험한 행동을 서슴지 않는 경향을 보인다고 한다. 2002년 운전 행태에 대한 연구를 통해 플레그르 교수는 톡소포자충에 감염된 운전자가 그렇지 않은 운전자보다 과속하는 경향이 있으며, 따라서 사고를 낼 위험도 세 배 높다는 사실을 밝혀냈다. 전체 인구의 약 30퍼센트가량이 이 기생충에 감염됐다고 추정된다.

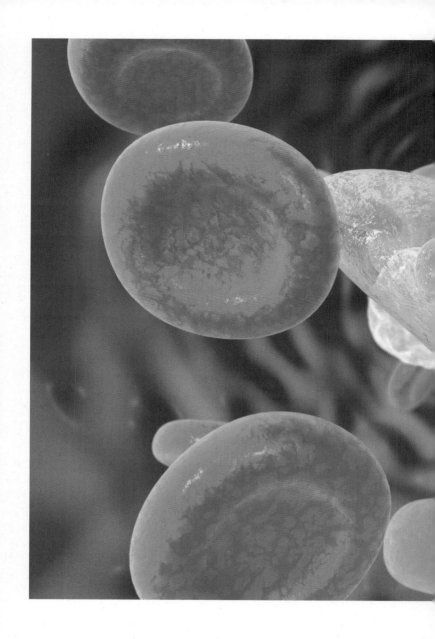

노랗게 보이는 부분이
고양이 핏속에 들어 있는
톡소포자충이다.

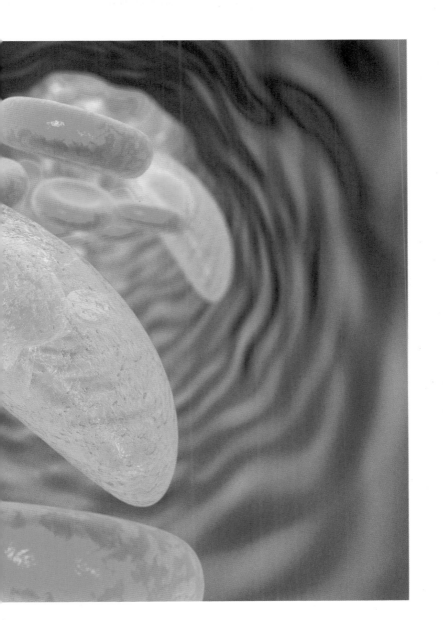

벌거벗은 고양이 스핑크스

스핑크스고양이는 여러모로 놀라운 동물이다. 일단 외모부터가 그렇다. 스핑크스는 털이 없는 〈벌거벗은〉 고양이다.

이러한 특성이 교배로 생긴 게 아니라는 사실이 더욱 놀랍다. 유전자 변이나 인간의 인위적인 개입이 없었다는 뜻이기 때문이다. 스핑크스고양이는 오래전에도 지금과 똑같은 모습이었다. 지금으로부터 3천 년도 더 전에 새겨진 이집트와 아스테카 문명의 벽화 속 스핑크스고양이 역시 털이 없는 모습이다.

시간이 지나면서 희귀종이 된 스핑크스고양이는 1983년에 한 프랑스인 사육자가 캐나다에서 태어난 스핑크스고양이 새끼들을 파리로 데려오면서부터 다시 무대에 등장한다. 그는 발타르 고양이 박람회에서 〈스핑크스〉 부스를 따로 만들어 이 품종을 소개했다.

스핑크스고양이의 머리는 삼각형이고 두상은 납작한 편이다. 광대뼈가 튀어나왔고 귀는 크고 뾰족하며 눈은 둥글넓적한 게 특징이다. 배는 불룩하고 발가락은 가늘며 가느다란 꼬리는 종종 쥐 꼬리에 비유되기도 한다. 피부는 다른 종에 비해 상당히 두꺼운 편으로, 〈복숭아 껍질〉 같은 감촉이 느껴지며 주름이 많이 잡혀 있다.

210

211

스핑크스고양이는 유독 외로움을 잘 타고 사교적인 편이다. 집단에서는 자연스럽게 리더십을 발휘한다. 지능이 뛰어나고 카리스마도 무척 강하다.

스핑크스는 다른 종에 비해 인간에게 무척 살갑게 구는 편이다. 대부분의 고양이들이 사람의 무릎에 올라가 앉는 정도로 애정을 표시하는 반면, 스핑크스는 어깨로 뛰어올라 머리를 비벼 대고 얼굴을 핥아 주기도 한다.

스핑크스는 좀체 공격적인 행동을 보이지 않는다. 고양이들은 일반적으로 독립성이 강한데(개와 달리 〈노숙인과 고양이〉의 조합을 찾기 쉽지 않은 것은 당연하다. 고양이는 인간 집사가 자신을 먹일 만한 경제력이 없다고 판단하면 즉시 보다 확실한 인간을 찾아 떠나기 때문이다) 스핑크스만은 유독 특정 대상에게 충직함을 보인다.

발바닥 패드로만 땀을 배출하는 다른 고양이 종들과 달리 스핑크스는 온몸으로 땀을 많이 흘리는 편이다.

스핑크스는 몸에 털이 거의 없기에 햇빛에 무척 민감하다. 이러한 신체적 특징은 스핑크스가 가진 왕성한 식욕으로 나타나기도 한다. 몸을 보호해 주는 털이 없다 보니 특히 겨울철에는 체온을 유지하고 에너지를 체내에 저장해 두기 위해 많은 음식을 섭취한다.

식물의 힘

우리는 흔히 식물에 의식이 없다고 생각한다. 하지만 식물은 훨씬 더 진화된 다른 생명체의 정신에 영향을 미치기도 한다. 대부분의 동물이 영양적 가치는 미미하지만 신경계에 강한 작용을 하는 식물을 먹는다. 가령 가봉에 서식하는 코끼리와 원숭이는 이보가라는 관목을 먹는데, 이 나무의 껍질에는 신경계에 강한 효과를 발휘하는 성분이 들어 있다. 아프리카 개코원숭이는 (일명 코끼리 나무로 불리는) 마룰라 나무의 열매를 취할 때까지 먹고 비틀거리다 쓰러지기도 한다.

캐나다에 서식하는 순록은 자작나무 껍질에서 자라는 붉은 버섯을 먹는다. 이 환각성 버섯은 순록에게 현기증과 경련을 일으킨다. 미국 남부에 사는 양과 말은 토끼풀과 생김새가 비슷한 자운영을 뜯어 먹고 나서는 극도의 흥분 상태에서 껑충껑충 뛰어다니며 쉬지 않고 장애물들을 뛰어넘는다. 이런 상태는 몇 시간씩 지속되기도 한다.

인간도 다른 동물들처럼 식물에 중독된다는 것은 잘 알려진 사실이다. 담뱃잎, 커피콩, 찻잎, 카카오 열매는 인간에게 〈정신적 위안을 주는 식물〉의 대표적인 경우다. 인간은 쌀이나 홉, 감자 그리고 포도를 비롯한 다양한 과일을 발효시켜 만든 액체를 즐겨 마시기도 한다. (사탕수수나 사탕무에서 나온 재료가 들어간) 단 음식은 인간에게 즉각적인 심리적 위안을 주기 때문에 자꾸 손이 가게 된다.

심지어는 인간의 정신을 완전히 지배해 심리적 속박 상태로 만들어 버리는 식물도 있다. 대마와 코카의 잎사귀, (아편의

원료가 되는) 양귀비 열매의 진, LSD의 원료가 되는 맥각균이
바로 그런 식물에 해당한다.

우리 고양이들 역시 이러한 중독 현상에서 예외가 아니다.
바깥에서 자유롭게 사는 고양이 중에는 (캣닙이라고도
불리는) 개박하를 씹어 먹는 부류들이 있다. 엑스터시와
비슷한 효과를 일으키는 이 식물을 섭취한 고양이는 느닷없이
상상 속의 쥐를 사냥하는 흉내를 내기도 한다.

하지만 신경계가 없는 이런 식물들이 우리처럼 복잡하게
진화된 동물에 대해 모종의 의도를 갖고 그런 작용을 일으킬
리는 없다.

고양이의 심리 상태에 영향을
미치는 개박하(일명 캣닙)

인간의 기준에 따른 동물의 지능

인간의 기준에 따라 지능이 높은 동물을 순서대로 살펴보자면
다음과 같다.

1. 침팬지

영장류에 속하는 침팬지는 도구를 사용할 줄 안다. 가령 막대기를 이용해 나무껍질 속에 있는 벌레를 찾아낸다. 도구를 만들 줄도 알고, 손짓을 통해 커뮤니케이션을 하기도 한다. 그림을 보고 그것에 해당하는 사람이나 사물을 연결 지을 수도 있다. 일종의 부족과 같은 집단을 이루어 살기도 한다. 또 다른 영장류인 보노보는 공동체 내에서 갈등이 발생하거나 다른 보노보 집단과 조우했을 때 긴장을 완화하기 위해 성(性)을 도구로 쓴다고 한다.

2. 돌고래

사회적인 동물인 돌고래는 다른 돌고래들과 협력해 물고기 떼를 효과적으로 포위하는 전략을 짤 줄 안다. 돌고래는 장난을 좋아한다. 상당히 정교한 언어 체계를 사용하며, 자신보다 위계가 높은지 낮은지에 따라 상대를 다르게 부른다고 한다. 〈만지다〉, 〈안〉, 〈바깥〉, 〈왼쪽〉, 〈오른쪽〉 등의 개념을 이해할 수 있고 새로운 놀이를 만들 줄도 안다.

3. 돼지

돼지는 사회성이 강한 동물이다. 거울이 어떤 것인지 알고,
개체로서 스스로에 대한 인식도 가지고 있다. 학습 속도가 빨라
실수를 바로잡을 줄 알고 같은 실수를 반복하지 않는다. 집단을
이루는 법도 안다. 가족을 사랑하고 보호하며 새끼들에게
교육도 시킨다. 도구도 사용 가능해 주둥이를 써서 나뭇가지를
지렛대처럼 활용하는 모습이 관찰된다.

4. 코끼리

사회성이 높은 코끼리는 위계 사회를 이루어 산다. 자기보다
약한 코끼리를 도울 줄 아는 이타적인 동물이기도 하다. 거울에
비친 자신의 모습을 인식할 수 있고 나뭇가지를 도구로
사용하기도 한다. 구성원이 죽으면 고도로 발달한 의식을
행한다고 한다.

5. 까마귀

어린 까마귀는 비슷한 또래끼리 무리를 이루어 살면서 그 속에서 각자의 역할을 찾는다고 한다. 나이가 들면 짝을 찾아 가족을 형성한다. 까마귀는 지능 테스트에서 높은 성적을 내는 동물이다. 숫자를 8까지 셀 줄 알고 장애물에 가려져 있는 먹이를 먹는 방법도 찾아낼 수 있다. 부리로 돌을 물어 알을 깨는 데 사용하기도 한다. 거울 속에 비친 모습이 자신이라는 걸 안다.

6. 문어

문어는 용감하고 호기심이 강한 동물이다. 학습 능력과 문제
해결 능력이 뛰어나고 먹이를 잡기 위한 전략을 세울 줄도 안다.
도구를 사용할 줄 아는 문어는 코코넛 껍데기를 머리에 덮어
투구 용도로 사용하기도 한다. 미로에서 가장 빠르게 출구를
찾아내는 동물이다.

7. 쥐

쥐는 탁월한 기억력 덕분에 안전한 길을 기억하고 위험한 길을
피해 다닐 수 있다. 종종 큰 집단을 이루어 살면서 상명하복의
질서를 엄격히 지킨다. 어떤 쥐가 낯선 먹이를 먹으면 해당
구성원을 격리시키는 체계를 갖추고 있다고 한다. 이렇게 해서
쥐약의 위험으로부터 집단의 안위를 지키는 것이다. 쥐는
과거의 잘잘못에서 교훈을 얻을 줄도 안다.

8. 고양이

학습 능력이 무척 뛰어난 고양이는 단독으로 살기도 하고
무리를 지어 살기도 한다. 새로운 것에 대한 호기심이 많고
노는 것을 좋아한다. 꿈을 많이 꾸는 고양이는 꿈의 메커니즘을
이해하고자 하는 과학자들의 연구에 많은 영감을 주기도 한다.
상황 적응력이 뛰어나고 독립적인 동물인 고양이는 혼자서도
얼마든지 살 수 있지만 인간과 함께 살 줄도 안다.

9. 개

개는 높은 감성 지수 덕분에 주인이 느끼는 감정을 잘 포착한다. 특유의 충성심으로 인간과 특별히 친밀한 관계를 만들어 가는 동물이다. 자기가 기준으로 삼는 인간에게 다양한 방식으로 애정을 표현할 줄 안다.

10. 개미

분석 가능한 〈인간식〉의 지능은 없지만, 개미는 사회성 면에서 다른 어떤 동물에도 뒤지지 않는다. 5천 마리가 넘는 개체가 사는 도시를 건설해 (유럽 숲에서 관찰되는 불개미들에서 보듯) 완벽한 조화를 이루면서 살아간다. 개미는 농업(지하의 버섯 재배실)과 양봉(진딧물 분비 꿀)을 알고, 전쟁을 하며, 건축 개념(효과적인 채광 및 환기 시스템을 갖춘 피라미드형 도시를 짓는다)도 가지고 있다. 개미는 극한의 사막 기후(은빛 몸통을 가진 사하라사막개미는 기온이 45도에 달하는 사하라 사막에 서식한다)에서도 적응해 살아남는다.

갸르릉테라피

갸르릉테라피의 창안자는 툴루즈 출신의 수의사인 장이브 고셰다. 2002년, 그는 고양잇과 동물들만이 유일하게 낼 수 있는 이 신비한 소리에 관심을 갖기 시작했다. 갸르릉 소리의 비밀은 무엇일까? 왜 인간의 귀에 이 소리가 그토록 기분 좋게 들리는 것일까?

갸르릉 소리는 고양잇과 동물의 어미와 젖먹이 새끼 사이에 친밀함을 나타내는 방식이다. 당연히 성장한 동물은 더 이상 이 소리를 내지 않는다……. 하지만 집고양이의 경우는 예외다. 집고양이는 평생 동안, 특히 인간과 신체 접촉이 일어날 때면 수시로 갸르릉 소리를 낸다. 마음을 진정시켜 주는 이 소리는 바로 인간들이 고양이에게서 기대하는 소리이기도 하다.

우리가 내는 갸르릉 소리가 인간의 마음을 진정시켜 준다니 놀랍지 않은가. 고양이의 후두 부위가 수축할 때 공기의 파동이 발생하는데, 20~50헤르츠의 저주파 파동이 화음을 만들어 인간의 귀에는 마치 음악 작품처럼 들리게 된다. 저주파 파동에 인간의 세포 조직을 재생시키는 생리적 효과가 있다는 것은 이미 널리 알려진 사실이다(물리 치료사들은 저주파를 이용해 건염과 척추 통증 등을 치료하기도 한다). 또한 저주파는 인간의 마음을 진정시켜 주는 신경 전달 물질인 세로토닌의 분비를 유도하기도 한다. 이 세로토닌의 생성과 분비가 대다수 진정제와 항우울제의 효과를 좌우하는 핵심 요소임을 기억할 필요가 있다.

이렇듯 고양이는 갸르릉 소리로 인간의 행복에 일조한다.

229

그래서 인간이 고양이를 자신의 반려로 삼으려고 하는 것이다…….

지난 수천 년 동안 인간이 어미젖을 떼고 나서도 갸르릉 소리를 계속 내는 〈갸르릉꾼〉 고양이를 찾아 반려묘로 삼으려 한 것은 이런 관점에서 당연한 일일지 모른다. 결국 집고양이는 새끼 때의 습성과 행동(장난을 좋아하고 변덕이 심하며…… 수시로 갸르릉 소리를 낸다)을 평생 버리지 못하게 된 것이다.

고양이가 전 세계적인 반려동물로 자리 잡은 오늘날 갸르릉 소리는 보편적인 치료제로써 무한한 가능성을 가지고 있다. 요양원이나 각종 병원, 심지어 교정 시설에서도 외로움과 심리 불안 등의 치료에 앞으로 보다 효과적으로 〈사용〉될 수 있을 것이다.

인간의 입장에서는 우리의 갸르릉 소리에 대해 한 가지 큰 궁금증이 있을 것이다. 왜 고양이는 (가령 사고를 당했거나 출산할 때 같은) 불행하고 고통스러운 상황에서도 갸르릉 소리를 내는 걸까?

고셰 박사는 두 가지 이유로 이 현상을 설명한다. 첫째, 갸르릉 소리는 (파치니 소체라는 신경 말단부 수용체에 작용해) 뇌의 엔도르핀 생성을 유도함으로써(이 사실은 이미 입증된 바 있다) 일시적이지만 즉각적인 통증 완화를 가져온다. 둘째, 갸르릉 소리는 도움을 요청하는 소리이기도 하다. 새끼 고양이가 젖을 빨고 싶어 어미를 부를 때 내는 소리가 바로 이 소리인 것에서 보듯이 말이다.

고셰 박사는 갸르릉 소리의 신비에 관해 아직도 밝혀져야 할 비밀이 많다고 말한다. 특히 후성 유전학과 관련해 전자기파나

음파가 유전자 활동에 어떤 영향을 미치는지에 대해서는 앞으로 많은 연구가 필요하다. 고양이의 갸르릉 소리가 진통제인 코르티솔 생성에 관여하고, 세포 조직을 재생시키는 줄기세포의 생성을 촉진하는 〈기적의 파동〉인 것은 그저 우연일까.

앞으로의 연구를 지켜볼 일이다…….

거울 단계

첫돌 무렵 인간 아기는 〈거울 단계〉라고 불리는 시기를
통과한다. 〈아기의 죽음〉 단계에서 버림받을지 모른다는
두려움을 극복하게 된 아기는 거울 단계에서 자신이
유일무이한 존재임을 깨닫게 된다.
돌이 지나면서부터는 따로 서기를 시작하고 손의 움직임이
정교해지며 이전에 자신을 지배했던 생리적 욕구를 조금씩
억제할 수 있게 된다.
이때 거울은 아기에게 자기가 존재한다는 사실을 알려 준다.
아기는 거울 속에 비친 자신의 모습을 알아보고, 이런저런
모습을 지어낸다. 그 모습이 아기의 마음에 드는지 안 드는지는
즉각 알 수 있다. 마음에 드는 이미지가 비치면 아기는 거울에
다가가 거울 속 자신을 쓰다듬고 입을 맞추며 목젖이
드러나도록 웃는다.

거울 속의 자기가 마음에 들지 않으면 인상을 찡그린다. 대개 아기들은 자신을 이상적인 이미지로 인식해 자기애에 빠진다. 자신의 이미지에 취한 아기는 그 모습을 미래에 투영하며 스스로를 영웅시하게 된다. 거울에 의해 만들어진 상상력 덕분에 아기는 좌절의 연속인 삶에 적응해 나갈 수 있고, 심지어는 자신이 세상의 주인이 아니라는 사실조차 견딜 수 있게 된다.

거울이나 물에 비친 자기 모습을 보지 못하더라도 아기는 어떻게든 이 단계를 통과하게 마련이다. 자기 스스로를 인식하고, 세계를 자신으로부터 분리하는 동시에 정복해야 함을 어떤 방법으로든 깨닫기 때문이다.

인간 아기와 달리 우리 고양이들은 거울 단계를 지나지 않는다. 고양이는 거울 속에 자신의 모습이 비치면 다른 고양이가 있는 줄 알고 거울 뒤로 가서 잡으려고 한다. 이런 행동은 나이를 먹어도 달라지지 않는다.

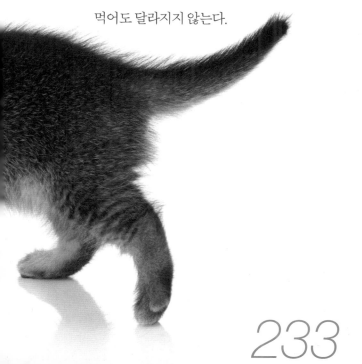

233

다양한 품종의 고양이 친구들

앞에서 제 소개는 이미 했으니 지금부터는 제 친구들을
소개하겠습니다. 바스테트와 에스메랄다, 볼프강, 펠릭스,
안젤로, 네부카드네자르, 누누르는 품종도 성격도 다르지만
모두 멋진 고양이들입니다.

236

바스테트

바스테트가 집사인 베르나르 베르베르와 함께 있는
모습입니다. 베르베르의 직업은 작가인데, 다른 인간들이
재미있게 읽을 수 있는 이야기를 지어내는 것이 그가 하는
일이에요. 바스테트라는 이름은 인간의 몸에 고양이 머리가
달린 이집트 여신(이 책의 1부 참조)에게서 따온 것이라고
합니다.

238

240

에스메랄다

에스메랄다는 한때 가수인 여자 집사와 살았다고 합니다. 집사의 노래에 야옹 소리로 장단을 맞출 때 행복을 느꼈다고 해요. 그런데 어느 날 집사와 에스메랄다의 새끼가 인간들의 손에 죽고 말았어요. 에스메랄다만 간신히 살아남아 수시로 쥐 떼의 공격을 받으며 혼자 파리 시내를 떠돌았죠. 몸을 피할 곳을 찾다가 아기 고양이 울음소리가 들려서 가보니 오렌지색 새끼 고양이 한 마리가 굶주린 채 배수구에서 몸을 웅크리고 있었다고 해요. 이 어린 고양이가 바로 바스테트의 아들 안젤로였습니다. 에스메랄다는 자연스럽게 젖을 물렸고, 그렇게 안젤로에게 생명의 은인이 되죠.

에스메랄다는 처음에는 볼프강, 나중에는 미국 고양이 부코스키와 사랑에 빠집니다.

볼프강

볼프강은 프랑스 대통령의 고양이였습니다. 당연히
엘리제궁에서 살았죠. 전쟁이 확산되자 그의 집사는 방공호에
은신하지 않고 엘리제궁에서 도망쳐 버렸다고 해요.
혼비백산해서 달아나느라 볼프강을 데리고 가는 것도 깜빡한
걸 보면 인간들의 우두머리라는 자도 죽는 건 두려운
모양이에요……. 볼프강은 나중에 샛노란 눈이 매력적인 검은
암고양이 에스메랄다와 연인 사이가 됩니다.

펠릭스

새하얀 털에 노란 눈동자가 박힌 이 순종 수컷
터키시앙고라고양이는 바스테트와 같은 인간 집사를 두고
한집에서 살았습니다.
이 둘의 한집살이는 순전히 인간 집사의 오판 때문이었어요.
수고양이를 한 마리 데려오면 바스테트가 심심할 때……
사랑을 나눌 수 있어 좋아하리라 생각했던 거죠. 바스테트는
펠릭스에게서 아들 안젤로를 얻긴 했지만 그에게 사랑이라곤
느껴 본 적이 없다고 여러 번 제게 말했습니다.

250

안젤로

바스테트와 펠릭스 사이에서 태어난 사고뭉치
수고양이입니다. 오렌지색 털 뭉치를 연상시키는 이 녀석이
어미와 헤어져 길을 잃고 헤매다 배수구에 빠져 있는 걸
에스메랄다가 구해 주었죠.

251

네부카드네자르

한때 저와 의견 충돌을 일으키기도 했지만 결국 고양이 군대에
합류하게 된 페르시아고양이입니다. 아주 오래된 고양이
품종이죠. 옛날 기록이 남아 있지 않아 페르시아고양이의
역사는 베일에 싸여 있지만, 비단과 향신료가 이탈리아에
들어온 시기에 피에트로 델라 발레라는 인간이 들여왔다는
설이 있습니다. 얼굴이 둥글고 눈이 무척 크며 코가 납작한 게
특징인 고양이입니다. 차분하고 조용한 성격에 풍성하고
아름다운 털을 지녀 예전부터 인간들 사이에 인기가 많았죠.

누누르

마지막으로 소개하는 누누르는 메인쿤고양이입니다.
메인쿤은 북아메리카의 오래된 고양이 품종의 하나로, 라쿤과
아메리카 토종 고양이의 교배로 생겼다는 설이 있어요. 하지만
유럽에서 온 앙고라고양이와 북미에 서식하던 야생 들고양이
사이에서 태어났을 가능성이 더 높아 보입니다. 메인쿤은
세상에서 가장 덩치 큰 고양이 종 중 하나예요. 몸길이가 1미터
20센티미터, 몸무게가 9킬로그램에 이르는 고양이도 있다고
합니다.

나오며

이 백과사전의 모델이 된 『상대적이며 절대적인 지식의
백과사전』을 집필한 에드몽 웰즈 교수는 고양이라는 동물을
가장 완벽히 이해한 인간이었습니다. 그가 남긴 명언으로
맺음말을 대신합니다.

> 개는 백스무 가지 인간의 어휘와 행동을 이해하고 배울 수
> 있다. 개는 열까지 셀 줄 알고 더하기나 빼기 같은 간단한
> 셈도 할 수 있다. 다섯 살짜리 인간 아이와 맞먹는 사고
> 능력을 지닌 셈이다.
> 반면 고양이는 숫자를 세거나 특정한 말에 반응하거나
> 인간이 하는 동작을 따라 하게 가르치려 들면 즉시
> 쓸데없는 짓에 허비할 시간이 없다는 의사 표시를 한다.
> 인간으로 치면……
> 쉰 살 성인과 맞먹는 사고 능력을 지닌 셈이다.

옮긴이의 말

20대의 베르나르 베르베르에게는 꿈이 하나 있었다고 한다. 그건 바로 고양이와 함께 살면서 글을 쓰는 전업 작가가 되는 것. 베르베르는『개미』로 소설가 데뷔를 하고 얼마 전까지 도미노라는 암고양이가 곁에서 지켜보는 가운데 30권이 넘는 책을 내 그 꿈을 이뤘다. 그런 고양이를 향한 집사 베르베르의 애정이 이 책『상대적이며 절대적인 고양이 백과사전』에 가득 담겨 있다.

베르베르에게 각별한 동물을 꼽으라면 개미와 고양이가 있지 않을까 싶다. 그의 데뷔작이자 초대형 베스트셀러가 된 『개미』는 집에 개미집을 들여 놓고 오랜 시간 관찰해 가며 쓴 소설이다. 개미는 그의 작품 세계를 관통하는 〈외래적 시선〉의 상징이 되었다. 그러나 전작인 〈고양이 3부작〉(『고양이』, 『문명』, 『행성』)에서 보이는 베르베르의 시선은『개미』때와는 사뭇 다르다. 정밀한 관찰자의 시선보다는 사랑 가득한 반려인의 눈길이 더 느껴진다. 판타지적 요소가 짙어진 이유이기도 하다.

이 책은『문명』출간과 같은 해인 2019년 프랑스에서 출간돼 〈고양이 3부작〉의 독자들은 물론 애묘인들의 사랑을 듬뿍 받았다. 고양이 피타고라스가 에드몽 웰즈의『상대적이며 절대적인 지식의 백과사전』을 본떠 후대를 위해 기록한 백과사전 형식을 띠지만, 인간 독자들의 눈길을 사로잡는 이미지와 정보가 가득하다. 책 속 사진들을 보며 나는 〈고양이는 포유동물의 꽃〉이라는 말을 떠올렸다. 디지털 시대에 아날로그 사진 속 고정된 이미지가 지닌 매력을 새삼 느낄 수 있었다.

지난여름에 〈고양이 3부작〉의 주인공 바스테트의 모델이기도 한 도미노가 스물한 살의 나이로 고양이 별로 떠났다는 소식을 접했다. 이 한국어 번역은 내가 도미노에게 보내는 작별 인사이자 고마움의 표시다.

2022년 12월
전미연

도판 저작권

Gabriel/GettyImages/iStockphoto **186~187면** ⓒ Martin Deja/GettyImages **189면** ⓒ ShutterStock/Vera Larina **190~191면** ⓒ Mirrorprix/Leemage **195면, 199면** ⓒ Master1305/Getty Images/iStockphoto **200~201면** ⓒ GK Hart/Vikki Hart/GettyImages **203면** ⓒ Constantin Cornel/GettyImages/iStockphoto **206~207면** ⓒ Dr_Microbe/GettyImages/iStockphoto **210면** ⓒ Shutterstock/Sylvie Corriveau **211면** ⓒ 2018 Sergey Ryumin/GettyImages **215면** ⓒ Shutterstock/ Krissi Lundgren **216~217면** ⓒ Shutterstock/EQRoy **218면** ⓒ Shutterstock/ Mark Higgins **219면** ⓒ Shutterstock/Andrea Izzotti **220면** ⓒ Shutterstock/ Taviphoto **221면** ⓒ Shutterstock/Willyam Bradberry **222면** ⓒ Shutterstock/Michal Pesata **223면** ⓒ Shutterstock/Vladimir Wrangel **224면** ⓒ Shutterstock/ Raulbaenacasado **225면** ⓒ Shutterstock/Ermolaev Alexander **226면** ⓒ Shutterstock/ Chik_77 **229면** ⓒ Shutterstock/PH. Michal Bednarek **232~233면** ⓒ Shutterstock/Ewa Studio **234~235면** ⓒ Shutterstock/Serghei Starus **240~241면** ⓒ Shutterstock/ Klemens Waldhuber **242~243면** ⓒ Kai Fagerstrom/GettyImages **244~245면** ⓒ Shutterstock/Bleshka **246~247면** ⓒ Shutterstock/Bartkowski **250~251면** ⓒ Shutterstock/DenisNata **252~253면** ⓒ Shutterstock/Gumpanat

옮긴이 **전미연** 서울대학교 불어불문학과와 한국외국어대학교 통번역대학원 한불과를 졸업하고 파리 제3대학 통번역대학원 번역 과정과 오타와 통번역대학원 번역학 박사 과정을 마쳤다. 한국외국어대학교 통번역대학원 겸임 교수를 지냈다. 옮긴 책으로 베르나르 베르베르의『행성』,『문명』,『심판』,『기억』,『죽음』,『고양이』,『잠』,『제3인류』(공역),『파피용』,『만화 타나토노트』가 있으며 그 외에도 에마뉘엘 카레르, 아멜리 노통브 등의 책을 번역했다.

상대적이며 절대적인 고양이 백과사전

발행일   2022년 12월 20일 초판 1쇄
          2023년 12월 20일 초판 6쇄

지은이   베르나르 베르베르
옮긴이   전미연
발행인   홍예빈 · 홍유진
발행처   주식회사 열린책들

경기도 파주시 문발로 253 파주출판도시
전화 031-955-4000 팩스 031-955-4004
www.openbooks.co.kr

ISBN 978-89-329-2296-6 03860